Monde sans oiseaux

Karin Serres

Monde sans oiseaux

roman

Stock

LA FORÊT

Collection dirigée
par Brigitte Giraud

Couverture Atelier Didier Thimonier
Illustration de bande : © SS photography/Getty Images

ISBN 978-2-234-07395-1

À vous trois

Il paraît qu'autrefois certains animaux traversaient le ciel grâce à leurs ailes, de fins bras couverts de plumes qui battaient comme des éventails. Ils glissaient dans l'air, à plat ventre, sans tomber, et leurs cris étaient très variés. Ils étaient ovipares, comme les poissons ou les lézards, et les humains mangeaient leurs œufs. On les appelait les « oiseaux ». Petite, j'ai demandé à ma mère de me raconter, mais elle a changé de sujet. Cette histoire d'« oiseaux » est-elle vraie ?

Un dimanche d'hiver, très tôt, mon père se rase sous l'ampoule qui se balance. Les joues couvertes de mousse, il réfléchit, les yeux dans le vague. Son cerveau engourdi se réveille lentement. Saisi par la pensée qui vient de le traverser, mon père fixe soudain son reflet dans le miroir en répétant à mi-voix : « Au sommet de mon corps, ma tête. À l'intérieur de cette boîte d'os : un flan mou et plissé. Et c'est cette chose, mon cerveau, qui me permet de penser ?! »

Cette révélation, il en fait le sujet de son homélie, quelques heures plus tard : « Nous ne sommes qu'un sac de flan mou dans une petite boîte d'os ! » et sa voix grave fait trembler les murs sombres de l'église pendant qu'à l'autre bout du village, dans leur chambre, accroupie contre le lit, sa femme accouche.

La peau du lac frémit, frise, se creuse comme une tôle ondulée puis explose en une immense vague qui asperge toutes les maisons du village sous le cri de ma mère qui me surplombe, petit corps gluant qui vient de ramper hors de sa nuit rouge pour atterrir sur le plancher au bout du cordon qui bat. Les planches me piquent, l'air me déchire, je déplie mes poumons fins comme des peaux de tomate, je vagis. Épuisée, ma mère glisse le long de la couette d'herbes sèches et tombe à mes côtés. Je la regarde à l'envers, maman-montagne-maman, pleine de son odeur. Tant de sensations nouvelles m'assaillent. Jaillie de l'église, la voix de mon père survole le lac jusqu'à la maison jaune, entre par la fenêtre ouverte de la chambre, descend se poser sur ma petite tête chauve trempée : « ... petite boîte d'os ! » et je suis nommée, pendant que dehors les maisons multicolores s'ébrouent encore.

Depuis que cette pensée l'a frappé, le matin de ma naissance, elle ne quitte plus mon père, Narcissus Brand, le pasteur de notre petite communauté. Il tente d'en parler avec ma mère ou ses ouailles sur les rues de planches, au-dessus de l'eau fade, mais personne ne comprend ce qui l'éblouit. Alors il pose la question à Dieu lui-même, qui lui répond, et tous deux partagent de longues discussions autour du lac, dont mon père revient les cheveux ébouriffés, les yeux brillants et les chaussures mouillées.

Ma mère a des yeux bleu rivière gelée, de fins cheveux blonds sévèrement tirés et de hautes pommettes au sang à fleur. Son corps massif se déplace sans bruit dans notre maison, elle glisse sur coussin d'air. Parfois, elle chantonne. Quand elle sourit, tout son visage se plisse comme une poche de fromage frais.

J'ai un frère aussi, Fabrice, qui déteste mon arrivée. Comme on le lui a appris, il ne montre aucun sentiment : un homme doit savoir se contrôler, et c'est presque ce qu'il est, un homme, à dix ans. Fabrice sourit sur nos premières photos, sa grosse petite sœur sur les genoux, alors qu'il me trouve inutile. Moi, je m'éveille au monde. Mes yeux se dessillent, mes oreilles sont des antennes, j'ouvre et je ferme mes mains minuscules sur le nuage de poussière qui danse autour de moi.

Les soirs d'été, quand nos parents partent faire le tour du lac, Fabrice me regarde pleurer. Si je suis calme, il me pince et s'assied par terre, au ras de mon lit-cage. Plus je pleure, plus il sourit. Et moi, j'aime qu'il me sourie. Quand nos parents reviennent, Fabrice court vers eux, en pyjama : « Elle a recommencé ! » pleurniche-t-il en se frottant les yeux, pour que notre mère se penche vers lui, bas de jupe mouillé, et l'emporte dans ses grands bras frais.

Mon père entre dans ma chambre, intrigué par ces larmes, tous les soirs, à heure fixe. Il se tient debout devant mon lit, son odeur puissante m'envahit : papier, tabac d'algues, cuir, lac, fumée, café. Subjuguée, je me tais, narines dilatées. Nos regards se croisent dans l'obscurité. Puis il s'en va, en faisant craquer ses chaussures. Et je ne sais pas encore dire « papa » pour le retenir, alors je joue avec mes doigts de pied qui, eux, ne me quittent jamais.

Je suis très placide. Une nuit, maman crie : « Petite Boîte d'Os ! » en rejetant la couette qui crisse. Papa lève une paupière.

« On l'a oubliée, Narcissus ! sur la pelouse ! »

Maman se précipite dehors, papa sur ses talons, et ils me retrouvent dans mon siège en toile, sur l'herbe devant la maison, couverte de rosée, en train de baver sur mes mains, tête renversée vers le ciel noir piqueté.

À l'époque, l'élevage de cochons commence à peine. À chaque sortie d'école, maman et Fabrice achètent notre poisson quotidien et, un jour, ils oublient de reprendre mon landau en sortant de la boutique. Les écailles ? La chair molle ? L'humidité du papier ? Sa fraîcheur ? L'odeur iodée ? À l'instant où elle pose le poisson sur la table de la cuisine, maman se rappelle mon existence.

« Toi, tu ne bouges pas ! » menace-t-elle mon frère, et elle sort, affolée.

Ma mère court sur les planches. Mon landau, là-bas, sous l'ardoise des prix qui se balance. Pourvu que je n'en sois pas tombée. Enfin arrivée, maman pose ses mains sur la poignée, les regarde comme si elles ne lui appartenaient pas, ces deux mains rouges et crevassées, puis me murmure : « Pardon, Petite Boîte d'Os. »

À table, quand il ne guette pas les guêpes, couteau levé, pour les couper en rondelles dans son assiette, Fabrice me cherche. Il pousse le plat de jambon vers moi : « Mange, Petite Boîte, c'est du cochon mort ! » sourit-il en penchant gentiment la tête.

Fabrice rit. Tout ce qu'il me raconte, dès que nos parents n'écoutent pas ! Il paraît qu'il existe des gens qui mangent du fromage moisi, dans un autre pays. Dégoûtée, je repousse le plat.

« Mange, Petite Boîte, tu es en pleine croissance », renchérit maman, et une grosse tranche rose fluorescente vient couvrir mon assiette d'où elle me fixe de ses yeux translucides pleins de reproches en gelée. Les éleveurs de cochons essaient d'améliorer le marché en expérimentant diverses transformations : la fluorescence, pour commencer, grâce à des gènes d'anémone de mer. C'est plus pratique, l'hiver, pour les surveiller.

Si je la pique avec ma fourchette, cette tranche de jambon rose va m'étrangler avec son lasso de couenne, me renverser, toute violette et gonflée, dans le lac où je coulerai et personne ne pourra me sauver, même pas mon père, champion junior de natation, même pas ma mère qui ne sait pas nager, ni mon frère qui me regardera disparaître.

« Mange, Petite Boîte ! répète Fabrice. Mange le cadavre du gentil cochon mort. »

Pour économiser du terrain et leur éviter de se noyer, des gènes de lamantin rendent les cochons amphibies, aussi.

Fabrice compatit : « Tu sais quoi, P'tite Boîte ? Si t'aimes pas le cochon, j'ai autre chose pour toi. »

Derrière son dos, il gratte, penché, puis tend une main qui grouille de vers de terre – « Tu préfères… ? » – qu'il lance sur moi.

Assise contre sa jupe qui sent la laine mal séchée, je demande à maman : « Comment tu fais pour faire la vaisselle tous les jours ? T'en as jamais assez ? »

Papa ne peut pas, il réfléchit, il pense et prie pour le bien de la communauté. Quant à Fabrice, il casserait tout, le maladroit. Maman lave chaque assiette, l'essuie, la range. Combien de fois fait-elle ces gestes, par semaine ? Et par mois ? Comment peut-on passer tellement de temps à faire des trucs si inintéressants ? Je me pose une foule de questions sur mon avenir. J'essaie de m'imaginer quand je serai « grande ». Qu'est-ce qui va changer, quand et comment ? Est-ce que j'aimerai ça ?

« Fabrice, tu sais quoi ? Moi, dans *Les Quatre Filles du docteur March*, je suis Jo.
– Hein ?

– Jo, la deuxième, tu sais, celle qui coupe ses cheveux pour les vendre, pour donner l'argent à sa famille et qui s'occupe du vieux monsieur et qui s'énerve tout le temps et sa mère lui dit d'une voix tendre : "Ne laisse pas le soleil se coucher sur ta colère, Jo. Ne laisse jamais le soleil se coucher sur ta colère." »

J'imite super bien la voix de la mère, je crois. Par-dessus son magazine de bateaux à moteur, Fabrice soupire : « N'importe quoi. »

À l'école, j'apprends l'allemand : « *Kennst du das Land, wo die Zitronen blühn ?* » Ma bouche se remplit de consonnes, de mots à rallonge et de sons gutturaux, de grandes envolées rauques et romantiques : « *Mein Vater, mein Vater...* » Le cavalier chevauche toute la nuit, son fils malingre contre sa poitrine, qui écarquille ses yeux fiévreux dans le vent pendant que les arbres noirs lui griffent le visage sous une lune froide comme une scie circulaire. J'aime le romantisme, je suis romantique, je rêve de sentiments terribles et brûlants qui me ravagent.

Une nuit, je rêve que Blanche, ma meilleure amie, pleure sans pouvoir s'arrêter. Je

mets des heures à me rendormir. Le lendemain matin, quand je la retrouve, au croise-
ment de nos deux rues, je lui demande :

« T'es triste en ce moment ?

– T'es dingue, Petite Boîte ! » elle glousse,
et on part toutes les deux vers l'école sur les
planches qui tanguent.

J'écris mes premiers poèmes sous un saule,
au bord du lac. Ses longues branches touchent l'eau tout autour de moi, sa tente vert
lumière me protège. Crayon sorti de ma
poche, cahier secret sur mes genoux, chucho-
tement de la mine. Quand j'écris, une vague
d'émotions me traverse, je me sens intensé-
ment vivante, et le fantôme de Joséphine
March s'assied à mes côtés, ou bien le petit
cavalier malade, pour m'encourager. À la
maison, je cache ce cahier sous mon oreiller
et sa clé, à un autre endroit. Mais Fabrice me
vole cahier et clé et joue à répéter en boucle
l'un de mes vers préférés, chaque fois que je
sors des toilettes : « Tu-as-les-yeux-rouges,
tu-as-dû-pleurer ! Tu-as-les-yeux-rouges, tu-
as-dû-pleurer ! » Je ris comme si je m'en
fichais.

Au printemps, l'air sent le sucre, les algues, la chair et le sexe en plein soleil. Les abeilles bourdonnent au fond des calices, empêtrées dans la poussière des pistils, les papillons traversent nos rues de planches en taches furtives, les poissons sautent en flip-flap olympiques à la surface du lac, les écureuils s'égosillent dans les arbres, assoiffés par leur première traversée souche-sommet. Jusqu'aux ours dont le pas lourd ébranle les pentes d'herbe et fait rouler la caillasse. Tout le vivant s'ébroue et chasse. L'air frémit d'odeurs âcres, l'eau tremble d'ébats sous-marins, les cochons transgéniques grouinent leur rut fluorescent, et moi, assise sur les marches de notre maison, face au lac, je brode un napperon rond au point lancé. La blancheur du coton m'aveugle. Mes doigts transpirent sur le tissu. Distraite, je plante l'aiguille dans mon doigt, le sang jaillit : un coquelicot dans un champ de neige. Je suce mon sang, métallique et sucré, il sourd de plus belle. J'ouvre ma main dans le soleil : entre chaque doigt, la palmure dessine le tutu de soie de danseuses chauves dont l'une a la tête qui saigne, mitraillée.

Fabrice a de la moustache. Passionné par son reflet viril dans le miroir, il passe des heures à s'observer, oubliant de m'asticoter. Est-ce le cerveau qui décide la date de la pousse des premiers poils ? De la pousse des jambes, des bras et surtout des seins, qui va m'arriver ? À l'école, les grandes gémissent d'un air ravi en parlant de ça. Mais si mon corps change, va-t-il aussi changer mes pensées ?

Les cochons sont maintenant croisés avec des gènes d'axolotl, ces larves amphibies dont les membres arrachés peuvent repousser. On fait des essais publics de découpage de patte ou d'oreille, pour voir si la mutation marche, et le village se remplit de bêtes fluorescentes mutilées qui gouttent leur carnaval de plaies jusqu'à ce que leur chair se soit reconstituée.

Du pouce, je tripote le petit point dur au bout de mon index, là où mon aiguille s'est plantée. Caillot en gelée, poisson rouge figé dans l'eau du lac devenue glace. Qu'est-ce qui se passe quand on gèle ? Combien de temps reste-t-on conscient ? Comment ressent-on le chaud, le froid, le brûlant ? Comment notre cerveau transporte-t-il l'information du bout de nos doigts jusqu'à notre petite boîte d'os, là-haut ?

Fabrice soupire : « Des signaux électriques, pauvre nouille. Tout le monde sait ça. »

Comment ça, électriques ? On a de l'électricité à l'intérieur de nous ? Pourquoi on ne brûle pas, alors ? J'enrage d'être si petite.

Chaque dimanche, à la fin du culte, papa se tourne vers ses fidèles pour prononcer la phrase rituelle : « S'il y a des nouveaux venus parmi nous, levez-vous pour nous permettre de vous accueillir dans notre communauté. »

Un dimanche d'hiver, un homme se lève, et toute l'assemblée commence à murmurer. Intriguée, j'interromps mon dialogue mental avec Dieu pour le regarder : ni suroît ni cuissardes des pêcheurs habituels, mais un grand manteau long de laine bleue fermé par des boutons en os. À part ça, l'air normal. Pourquoi toute l'assistance est-elle si agitée ? Coup de chance, c'est nous qui sommes d'accueil ce dimanche-là. Je vois le trouble dans les bras grands ouverts de papa qui tremblent un peu. Pourquoi ? Les cloches sonnent, l'église se vide, tout le village se serre la main et l'inconnu repart avec nous vers notre maison jaune, pour déjeuner, en toute simplicité.

Silencieux, l'homme mastique le ragoût dominical. Il a les yeux bleu très clair et porte un pull gris. Ma famille mange aussi. Fabrice pouffe sous son ombre de moustache.

« C'est bon, monsieur ? il demande, innocemment.

– Oui, répond l'inconnu en s'essuyant la bouche, très bon. Qu'est-ce que c'est ?

– Du météorologiste ! s'esclaffe mon frère en lâchant ses couverts.

– … suédois ! » glousse notre mère, les yeux plissés de rire elle aussi, les lèvres grasses.

Sans dire un mot, l'homme se lève, quitte la table, reprend son manteau, descend les marches, s'éloigne sur les planches, et je ne comprends toujours pas. Cet homme, c'est le vieux Joseph.

Le lendemain, son ancienne maison sort du lac. Tout le monde tire sur les cordages que les plongeurs sont allés accrocher sous l'eau noire. Puis on passe plusieurs jours à brosser les planches, intérieur et extérieur, pour ôter vase et filasse d'algues vertes. On laisse portes et fenêtres ouvertes pour que ça sèche, on la repeint en bleu, la couleur de l'année, et le vieux Joseph s'y installe. C'est la plus grande de toutes nos maisons. Dotée de roues neuves du même bleu, elle trône au bout du village, avec les dernières arrivées.

Un matin, le vieux Joseph part dans la vallée voisine d'où il revient en fin de journée, une vingtaine de jeunes bouleaux arrachés sur le dos. Tout le village le regarde passer, chargé de sa forêt pâle. À quoi bon planter des arbres qu'on devra abandonner à la prochaine Remontée ? Les gens s'écartent sur son passage puis, du bout du pied, repoussent à l'eau la terre que les racines secouées sèment sur les planches. Et les chocs de sa pelle contre la terre résonnent longtemps dans le soir.

En peu de temps, son jardin devient un parc où les amoureux du village se cachent pour s'embrasser, passant par une planche déclouée dans la palissade. J'y viens souvent, seule. J'aime marcher entre les troncs en soulevant les couches de feuilles sèches avec mes pieds. Ce silence jaune froissé me repose des pontons impeccablement balayés.

Un jour, je le croise à côté d'un grand feu qui fume bleu. Sous son chapeau de paille, il se roule une cigarette d'algues. Je sors mon sachet moi aussi, je m'applique, je lèche la colle du papier…

« Qu'est-ce que tu fous là ? il grogne. Tu sais pas que c'est une propriété privée ? »

J'allume ma cigarette, approche l'allumette de la sienne, la souffle et la jette dans le feu. Puis je tire sur ma clope, la fumée âcre me déchire les poumons, et je lâche en m'éloignant :

« J'abîme pas, je regarde.

– Attends, te sauve pas comme ça. »

Je retourne vers la sortie, le vieux Joseph me suit, à grands pas bottés.

« Tu serais pas la fille du pasteur ?

– Moi ? Non, pourquoi ?

– Si, c'est toi. Pourquoi t'as pas ri ? Tu connais mon histoire, ton frère te l'a racontée ? »

Main sur la planche déclouée, je demande :

« Quelle histoire, monsieur ? »

Il me regarde puis commence à balayer le sol avec son râteau aux longs doigts métalliques.

« Pourquoi ça les fait rire ? j'insiste. Qu'est-ce que vous avez fait de spécial ? »

Mon mégot me brûle les lèvres pendant que le vieux Joseph s'éloigne dans la purée de feuilles.

Une nuit, un cri me réveille, non, un hulu-lement, puis une course. Je regarde par la fenêtre : une grande tache blanche dehors, poursuivie par une autre, sur les rues de planches. Je sors sur le pas de la porte en frissonnant. C'est le début de l'hiver, la lune verte scintille sur la fine couche de neige qui nappe le village endormi autour du lac vers lequel la chemise de nuit de ma mère court, bras écartés, poursuivie par mon père. Comment font-ils pour ne pas sentir la brû-lure de la neige sur leurs pieds ? Cramponnée à la rampe, je la balaie du bout de l'orteil. La grosse masse chaude de mon frère me bous-cule : « Retourne te coucher, Petite Boîte ! » et s'élance, pieds nus aussi, à la poursuite de nos parents.

« Fabrice, me laisse pas ! » je crie.

Pas le choix. Je pose mes pieds dans la neige, les relève aussitôt mais il faut bien avancer alors j'accélère la cadence et bientôt, à mon tour, je cours dans la neige qui me brûle et j'arrive sur le ponton où maman danse, toute nue, bras levés, en poussant de petits cris de souris. Frissonnant dans leurs caleçons longs, bras croisés, papa et Fabrice la regardent, sidérés. Soudain, ma grosse maman saute dans l'eau noire. Papa et Fabrice se regardent. Attendent. Rien ne remonte. Alors ils sautent à leur tour dans l'eau où ils disparaissent.

« Revenez ! je crie en sautant à mon tour, sans réfléchir. Me laissez p… »

Le choc me coupe la respiration. Mourir de froid, nuque brisée. Quand je remonte à la surface en hoquetant, ils sont là, tous les trois, à battre des jambes et des bras dans l'eau glaciale pleine de petites écailles gelées, leurs têtes posées sur un plateau d'argent, maman redevenue maman, et on rit tous les quatre dans la nuit coupante. Puis on sort de l'eau et on rentre, tremblant comme des machines cassées. Papa rallume le feu, on se change, on se frictionne mutuellement et on s'enroule dans nos couettes pour boire une tisane d'algues brûlante, à petites gorgées.

L'histoire du vieux Joseph, c'est Blanche qui me la raconte, assise sur notre muret. Sous nos pieds, l'eau clapote, pleine de feuilles et de poils d'hiver.

« Il y a longtemps, tu vois, ce type habitait au village, avec ses parents.

– Ses parents ?

– Il y a longtemps, je t'ai dit. Alors un hiver, celui du Déluge, tu sais ? il y a eu tellement mais tellement de tempêtes que notre village a plus pu être ravitaillé. Toutes les maisons étaient inondées, elles avaient pas de roues à l'époque, tout le monde a été obligé de se réfugier dans les greniers ou sur les toits. Quand il y a vraiment plus rien eu à manger, le conseil a décidé d'envoyer une mission-ravitaillement. Ils ont tiré au sort et c'est le vieux Joseph qui a été choisi, il était jeune, à l'époque, avec un Suédois qui vivait là. Bon, alors les deux, ils montent dans une barque et ils s'éloignent dans la tempête. Des jours, des semaines, des mois après, finalement, le Déluge s'arrête. On retrouve à manger, on sèche les maisons, on leur met des roues pour pouvoir les déplacer en cas de besoin, bref, et tout à coup, un jour, alors qu'on pensait qu'ils s'étaient noyés, la barque revient, tout abîmée, mais avec juste Joseph dedans. Il peut plus marcher tellement il a maigri, il peut même plus parler tellement ses lèvres sont toutes craquelées. Une fois soigné, il raconte que l'autre gars est tombé à l'eau, en pleine tempête. Qu'il a essayé de le repêcher, mais non, alors qu'après il s'est laissé dériver jusqu'à la fin du Déluge sans rien manger...

– Un miracle qu'on l'ait retrouvé.

– Pfff, ce que t'es bête !

– Quoi ?

– Réfléchis. Peut-être que le météorologiste suédois s'est pas noyé, en fait.

– Quoi ?

– Peut-être que c'est le vieux Joseph qui l'a tué, pour le manger. Joseph le Cannibale, on l'appelle... », murmure Blanche en se penchant pour ôter ses chaussures trempées puis essorer ses chaussettes.

Chaque matin, Joseph le Cannibale m'attend derrière sa fenêtre. Le menton rosi par le rasoir, il me regarde passer. Ni signe de la main ni sourire, juste ses deux yeux derrière la vitre qui s'éclairent quand j'arrive, pivotent en silence et me regardent partir pour le collège, avec ou sans Blanche, ça dépend de notre emploi du temps, elle fait anglais, moi, allemand.

Jour après jour, les yeux du Cannibale se collent dans mon dos, ronds et froids, un sur chaque omoplate. Si incrustés qu'un jour ils traversent réellement la fenêtre, mon manteau, mon pull, et je les emporte au collège, pour la journée. Je les sens dans mon dos. De temps en temps, je les frotte doucement contre mon dossier. Toute la journée, Joseph le Cannibale reste à m'attendre, derrière sa fenêtre, les orbites vides, jusqu'à ce que je passe dans l'autre sens, journée de cours terminée. À hauteur de sa fenêtre, hop ! les deux yeux bleus quittent mes omoplates et traversent la vitre dans l'autre sens pour retrouver leur place. Moi, je continue mon chemin sans me retourner. La nuit, dans mon lit, leur trace me gratte, un rond de peau à vif sur chaque omoplate. Et ma poitrine pousse de l'autre côté, à l'opposé.

Mais comment vivre avec ces seins qui me font mal quand je cours, et ces poils qui poussent partout ? Suis-je encore moi-même ? Mes pensées vont-elles aussi pousser dans tous les sens et m'échapper ? Ai-je le choix ? Ne serait-ce pas mieux d'être un homme ?

Un soir, après le dîner, j'essaie, pour voir. Je laisse ma peau de fille dans le fauteuil vert et je me glisse dans celle de mon frère que j'éteins d'un claquement de doigts : couché, Fabrice ! Dans le salon étouffant, les bûches craquent. Personne ne se rend compte de rien. Je me coule dans ma nouvelle peau d'homme, je visite. Je m'étire jusqu'au bout des grosses mains calleuses, des pieds meurtris, sous le plafond hérissé de racines de cheveux, et je me pose sur l'entrejambe au sexe qui déborde, balle sur balle, et le pénis mou dessus. Je respire largement dans ces épaules carrées. La pomme d'Adam, boule de mie de pain coincée. Une énergie brûlante, tapie dans les muscles, prête à bondir. Une extrême fatigue aussi. Dans les joues, mille pointes de barbe m'assaillent. Lentement, je commande à l'une des mains d'homme de se fermer. Puis de s'ouvrir. Leur palmure est sombre et velue. J'en fais craquer les jointures, le bois pète en écho dans la cheminée. Je déplie les longues jambes au bout desquelles pendent les immenses pieds que je sens suer dans les chaussettes de laine. Sur la poitrine plate, la fourrure roule en vagues jusqu'au pubis. Entre les fesses aussi. Sur les mollets, les cuisses et les bras. Ça gratte. Je m'étire une dernière fois, renifle les odeurs si différentes des miennes et je me retire du corps de mon frère : Fabrice, réveille-toi ! Mon frère se lève, l'air étonné. De quoi ? Il ne s'en souvient pas. Le tourbillon de ses cheveux en brosse s'éloigne à l'arrière de sa tête, et son pas fait trembler le plancher.

Aller voir sous la peau du lac. Briser la vitre en cas d'urgence. Fracasser le miroir qui reflète notre village sur roulettes, paisible, charmant, ravissant, et moi debout au bord de l'eau plate qui continue de monter en reflétant mon visage paisible, charmant, ravissant. Petite Boîte d'Os la Destructrice, on devrait m'appeler. Ou bien Ravage. Je ne les supporte plus, tous, leurs vies, nos vies ordonnées, régulières et policées. Je déteste notre joli village aux jolies maisons multico-lores, bien droites et propres au-dessus de leur joli reflet. Je hais les jours qui se succè-dent, toujours les mêmes. Le temps passe, je grandis, mon destin se dessine au-dessus de l'eau plate, planche après planche, pas après

pas : mariage, enfants, promenade, vaisselle…
et je n'en veux pas.

Plutôt apprendre à pêcher, tiens. Mais papa
n'a pas le temps, maman ne pêche pas et
Fabrice et ses copains préfèrent l'explosif.
Riant comme des fous, ils balancent leurs
charges dans le lac : grandes gerbes, feu
d'artifice-massacre. Puis ils regardent les
poissons déchiquetés remonter à la surface
et flotter, ventre à l'air, entre les lambeaux
de papier. Si un cochon explose au passage,
c'est la fête. Ils repêchent ses morceaux fluorescents à l'épuisette et leur festin grille toute
la journée.

Le vieux Joseph, lui, pêche à l'ancienne.
À force de le voir partir tout seul dans sa
barque rouge, cet été-là, et revenir le fond
couvert de dos argentés qui tressautent, j'ose
lui demander.

On commence par pêcher au bord.
« Le b.a.-ba, il grogne, le mégot au bec. Si
tu veux pas, tu t'en vas. »
J'enfile un ver qui se tortille sur l'hameçon,
je les jette dans l'eau opaque et j'attends le
poisson affamé. Les gosses se moquent de

moi : « Hé, Petite Boîte, fais gaffe que le Cannibale se trompe pas ! Qu'il te coupe pas en morceaux pour faire ses appâts ! »

Je les menace avec la canne, ils s'éparpillent. Au bout de quelques jours, je pêche mes premiers poissons à cochons, trop pleins d'arêtes.

« Si tu ne sais pas pêcher ces poissons-là, t'as aucune chance d'en ferrer un vrai », bougonne le vieux Joseph.

Je rallume mon clopeau comme lui, je plisse les yeux dans la fumée âcre et je m'installe pour guetter : dos rond, canne à trente-cinq degrés dans mes mains croisées. Petit à petit, mon seau se remplit de poissons brillants qui se cabrent et finissent en pâtée à cochons.

À cette époque, les éleveurs ravis ont fini par trouver la combinaison de gènes idéale qui rend leurs bêtes à la fois amphibies, fluorescentes, autorégénérantes à vie et résistantes aux maladies. Désormais, il leur suffit d'une famille de cochons transgéniques pour exploiter leur viande, par morceaux, à l'infini.

Tous les matins, je saute dans la barque rouge, elle tangue, le vieux Joseph me tend ma ligne, saisit les rames, et on part pêcher, de plus en plus loin.

J'attrape une souche qu'on traîne sur plusieurs dizaines de mètres, il plonge à moitié sous l'eau pour démêler le fil, je le retiens par la ceinture, la souche lâche, et on retombe tous les deux au fond de la barque. Ou bien c'est une botte.

Puis je pêche vraiment, du poisson digne d'être mangé par les humains : des perches, des ombres, un brochet. De temps en temps, un cochon passe, immergé, qui nous éblouit puis s'éloigne sous l'eau noire.

« Attention à pas l'accrocher, me souffle le vieux Joseph. Si tu les blesses, ils se mettent en rage. »

Les cochons ont beau être domestiqués, il leur reste donc un peu d'âme sauvage.

Un jour, il m'emmène dans la grande rivière pour pêcher à la mouche : « Souple, le poignet, souple. »

Dans l'eau au ras des cuissardes, les pieds glacés, je sabre l'air de ma canne, et ma ligne se prend dans les arbres. Le vieux Joseph roule tranquillement ses mégots pendant que j'escalade la forêt en chaussettes pour me décrocher. Peu à peu, mon bras devient la canne, le fil, l'hameçon et l'eau tout entiers. À midi, le vieux Joseph allume un feu et nous dégustons mes prises, grillées, avec des champignons que nous avons cueillis. Enfin, lui.

On alterne pêche en rivière et pêche sur le lac, assis côte à côte pendant des heures, sur l'unique banc de sa barque rouge.

« Remue pas l'eau, petite, il grogne.

– Pourquoi ?

– Faut pas déranger les morts.

– Les morts ? Quel rapport ? »

Il m'explique, de sa voix grave :

« Le jour des funérailles, les hommes en noir lestent le cercueil avec des pierres et le font glisser dans l'eau.

– Dans le lac ?

– Oui.

– Dans ce lac, là ?

– Oui.

– Mais… on se baigne sur les morts, alors ? On… on… et les poissons mangent leur chair décomposée, et les cochons ?!

– C'est pour ça que nos morts sont à poil. Et nos cercueils, ajourés… »

Notre lac, plein de cadavres décomposés ?

J'ouvre les yeux, couchée au fond de la barque. L'immense ciel m'éblouit. Penché sur moi, le vieux Joseph murmure :

« Je t'aime, Petite Boîte d'Os. »

Je dois rêver.

« Plus d'une génération nous sépare mais depuis que je t'ai aperçue, dans l'ombre de l'église, qui me regardais, j'ai compris que j'étais revenu pour toi. Tu m'es destinée, petite. N'aie pas peur, j'attendrai. Je suis à toi. Je t'attends, quand tu voudras. »

Pourquoi il ne me prend pas, alors, couchée sous lui comme je le suis ? S'il m'aime, comme il dit, pourquoi il ne me prend pas ? L'amour, c'est dans le sexe que ça se passe, je connais. À l'école, les garçons nous donnaient des bonbons pour qu'on baisse nos culottes. Et maintenant, au printemps, les pêcheurs ouvrent leur pantalon ciré pour secouer leur sexe dressé devant Blanche et moi. D'autres hommes en hors-bord s'approchent de la rive pour demander leur chemin mais tout ce qu'ils veulent, c'est nous montrer leur sexe gonflé, parce qu'ils nous trouvent jolies. Blanche, quand son prof de danse folklorique la ramène de leur cours sur l'autre rive, il ouvre sa braguette pour qu'elle le caresse. Elle le fait, bien sûr, pour le remercier. Elle va l'épouser, quand elle sera majeure, c'est leur secret. La nuit, dans son lit, elle réfléchit aux prénoms de leurs futurs enfants. Moi, un inconnu m'offre un café à la sortie du lycée. À peine assis, il fourre ses mains sous mon pull, repousse mon soutien-gorge et me presse les seins en m'embrassant avec sa langue qui a le goût du café. Ces attentions nous touchent, Blanche et moi. C'est comme ça que les hommes montrent qu'ils nous aiment. Alors, dans la barque, ce jour-là, pourquoi le vieux Joseph ne me prend-il pas ?

Blanche soupire, sur notre muret : « C'est une lopette, ce mec. Tout le monde le sait. Avant de le bouffer, tu sais ce qu'il lui a fait, au météorologiste suédois ? »

Gilbert, le fils du Mesureur, lui, c'est un homme, un vrai. On se cogne l'un contre l'autre pendant la fête de la Remontée, quand soudain une corde lâche et la maison de la vieille Simone dévale la pente. Cris, chutes, planches cassées, grandes éclaboussures, la maison folle amerrit sur le lac… En sueur, Gilbert repousse sa mèche et me regarde. Je comprends. Pendant que quelques pêcheurs se débottent sous les cris d'encouragements, Gilbert m'entraîne dans la resserre à filets qu'on vient de remonter et de fixer. Je marche à reculons, mes yeux dans ses yeux, je trébuche, je tombe à la renverse sur un tas de filets trempés. D'une main, Gilbert soulève ma jupe et tire sur ma culotte pendant que de l'autre il se débraguette et il plante son sexe brûlant dans le mien, plante, plante, plante comme autant de « je t'aime » qui nous font imploser. Le soir, quand toutes les maisons du village sont remontées pour l'année, on se rassemble autour du feu pour manger, boire et danser. Assise contre l'épaule musclée de Gilbert, je me sens métamorphosée.

Le jour de mes dix-sept ans, je reviens du lycée quand le vieux Joseph me barre la route, bras écartés :

« Bon anniversaire, Petite Boîte d'Os ! »

Les yeux brillants, il me tend un attirail de plongée.

« Pour quoi faire ? je demande.

– Surprise.

– J'aime pas les surprises. Je t'aime pas, toi non plus. Tu…

– Pour plonger. Dans le lac. Voir les morts. Ça te dit ? »

J'en tremble de la tête aux pieds. Une demi-heure plus tard, on est assis tous les deux sur le ponton de la décharge, au bout du village, combinaison enfilée, ceinture de lest à la taille, masque relié à la bouteille d'oxygène dans notre dos, de grandes palmes aux pieds. J'étouffe dans la puanteur du caoutchouc mais je suis surexcitée. Côte à côte, on ressemble à deux larves de salamandres géantes. Le vieux Joseph lève son pouce, on se retourne et on plonge en arrière pour ne pas s'assommer.

Les morts sont là, sous la surface. Dès nos premières brasses dans le silence aquatique, une forêt de cercueils apparaît sous nos pieds, se balançant lentement comme des haricots géants. Repoussant l'eau de nos mains palmées, on marche mollement vers eux, suivant la pente de vase poussiéreuse. Là, dans ce cercueil, la vieille Simone avec ses cheveux jaune filasse ! Je ne l'avais jamais vue nue. Jamais vue morte non plus, enfin, noyée, peau délavée, chair des joues arrachée, une orbite vide, l'autre œil qui vit encore !

non, c'est un crabe. Est-ce les yeux qui partent en premier ?

Joseph m'attrape le poignet. Derrière son masque, il hausse les sourcils : ça va ? Je lève lentement mon pouce : impec. Il désigne la surface d'où tombe une lumière glauque : tu veux remonter ? Je secoue mollement la tête : non non. Il tend son bras en biais : direction le centre du lac, alors. Énervée par la lenteur de nos gestes, par cette étrange forêt de cercueils qui dansent à quelques dizaines de mètres de la surface et par le silence assourdissant qui me bat les tempes, je donne un coup de palme dans la vase qui tourbillonne et je descends vers l'ombre des profondeurs.

Passe le halo rose d'un banc de cochons immergés, pédalant mollement, comme une grappe de lampions. Ils ont une extraordinaire capacité pulmonaire sous-marine, maintenant. Leur lumière s'éloigne au milieu des particules en suspension puis s'éteint, et nous reprenons notre descente silencieuse.

L'eau s'assombrit, le fond du lac se couvre de cercueils dont les modèles changent par strates. Aux nasses de jonc de plus en plus rudimentaires succèdent de longues boîtes de bois rectangulaires et spongieuses, explosées par le courant. Ce lac n'est qu'un immense cimetière liquide, des montagnes d'os dament son fond et craquent sous nos pieds palmés. Je bascule à l'horizontale pour nager.

Forêt de plus en plus défaite de boîtes éventrées, couvertes d'algues, champ d'os phagocytés par des milliers de coquillages qui les déforment. Le froid et la nuit des profondeurs nous saisissent. D'un même geste, nous attrapons notre torche sous la ceinture de lest et l'allumons. Créature bivalve aux deux yeux lumineux, effrontément vivante, notre duo poursuit sa descente en battant des quatre jambes, de plus en plus lentement.

Nous entrons dans une zone de tombeaux monumentaux. Dans le faisceau de nos torches, des sortes de caveaux décorés défilent. Le vieux Joseph pousse une porte moisie qui se couche au ralenti dans un nuage de vase. Derrière, un couloir étroit dont nos palmes font voler l'épais tapis vert-de-gris, révélant un carrelage d'échiquier fissuré. Nous sommes des découvreurs d'épaves. Sous la main noire du vieux Joseph, les portes gonflées tombent silencieusement dans la purée grise, dévoilant des contours familiers. Ma lumière accroche des lambeaux de papier à fleurs décolorés qui agitent mollement leurs tentacules fatigués, des restes de lambris courbes, hérissés de clous rouillés. Des chapelets de bulles traversent l'obscurité liquide, et le sang bat dans mes oreilles.

Une autre porte tombe à la renverse dans la cendre liquide. Le vieux Joseph me serre contre lui, se penche pour attraper une forme molle qui flotte entre deux eaux et la secoue : des poils, une bête ? Un reste d'ours en peluche. Le nuage de vase retombe sur la face dévorée du doudou sans yeux. J'étouffe, je veux partir, sortir !

Je me rue au ralenti hors de ce caveau. Je nage en aveugle, de toutes mes forces, je m'extirpe du labyrinthe de murs, de toits et de portes effilochés, je détache fébrilement ma ceinture de plomb, la lâche dans un nuage moisi et, bras le long du corps, je donne la plus grande poussée possible sur le sol d'ossements qui craquent pour remonter vers la surface. Remonter, remonter, remonter...

Couvert de vase, comme moi, le vieux Joseph jaillit à l'air libre. Le souffle court, blêmes, nous nous regardons sans rien dire.

Têtes coupées, hallucinées, posées sur le miroir du lac.

Quelques brasses épuisées vers le ponton d'où nous avons plongé il y a dix siècles. Je grimpe l'échelle rouillée, le vieux Joseph me suit, les barreaux résonnent. Je m'assieds comme un sac, les jambes ballantes, le dos voûté sous la bouteille presque vide. Le vieux Joseph me la décroche en passant, ruisselant. Me présente son dos pour que j'en fasse autant. Le soleil chauffe nos peaux de plastique. Puis le vieux Joseph se lève et me tend la main pour m'aider. Le masque remonté sur son front, il a deux traces rouges à l'endroit où ça pressait. On se tient là, épuisés, face à face.

Soudain, sur la pointe de mes palmes, j'embrasse ses yeux trempés, l'un après l'autre. Je lèche, je bois, je lape ses paupières salées. Il tremble. Ma bouche redescend. Nos langues au goût de vase se cherchent, s'emmêlent. Nos corps de caoutchouc s'étreignent et couinent. On voudrait se frapper tellement ce qui nous prend est fulgurant. Gouttant le long des routes de planches, on traverse en courant tout le village stupéfait jusqu'à ma maison jaune devant laquelle la rumeur fait sortir mon père, ma mère et mon frère, au pied du petit escalier où ils nous attendent, bouche bée, livre ou couteau à la main, poitrine tachée de farine, saisis dans leurs activités. On se tient là, devant eux, serrés, trempés, comme deux noyés ressuscités. Joseph inspire, pose un genou noir par terre, lève sa tête de Neptune vers le regard sévère de mon père, serre ma main glacée dans la sienne et demande d'une voix claire : « Je peux la marier ? »

Au printemps, la neige fond sur les collines, et la terre la boit. Le soleil est encore si pâle, comment croire que c'est lui qui fait fondre l'hiver ? Les arbres gouttent et battent de sève, les torrents s'agitent et craquent et les pierres éclatent dans la mousse. La neige et la glace s'en vont par plaques. Couvertures, draps arrachés aux matelas bosselés. Les glaciers fondent, cerveaux de la montagne, ils sourdent de leur vallée, coulent lentement, retenus par leur gélatine plissée qui finit par lâcher : rien ni personne ne peut les arrêter.

Crissement des suroîts neufs, sucre des fleurs blanches, sombre fraîcheur du goudron et tonnerre des cœurs qui cognent : un dimanche de printemps, mon père nous marie devant toute la communauté éberluée. J'entends encore sa voix grave prononcer mon nom, dans le silence des respirations suspendues : « Petite Boîte d'Os Brand, veux-tu prendre pour époux Joseph Tados, devant Dieu et nous tous, ici présents ? »

Et la mienne, qui répond : « Oui, papa. Je le veux. »

Je voudrais crier mon bonheur, répondre avec un verbe plus fort que vouloir : oui, papa, je le souhaite, je le décide, je le désire plus que tout au monde, je m'arracherais les tripes et les yeux pour l'avoir ! Ma joie, ma joie.

Outre sa pêche, Joseph vit de la vente des fruits et des légumes qu'il fait pousser au-dessus de sa maison bleue, et moi, maintenant, je l'aide. Fini les études et les heures de gratte-papier. Avec Joseph, je travaille pour de vrai, je plonge et replonge mes jeunes mains dans la terre, jambes pliées, dos courbé. Ensemble, nous semons, et les pousses vert clair sortent de la terre. Nous traçons des parcelles, nous les ensemençons et elles produisent. Les légumes poussent, ils fleurissent, les fleurs deviennent des fruits que nous regardons grossir, se colorer, et les framboises, et les groseilles, les herbes aromatiques, le fumier, la pluie, le soleil, l'engrais vert, les influences lunaires, et quand Jeff me prend, je le prends moi aussi, on se donne l'un à l'autre, le corps irradié, la chair pelée, les muscles à vif, chaque sens exacerbé. Sans cesse recommencer, réinventer, toucher, cogner, presser, frotter, caresser, sucer, glisser, pénétrer, serrer, transpirer, lécher, recommencer.

Blanche s'en rend compte en même temps que moi : on est enceintes ! Moi de Joseph et elle, de Gilbert qui l'épouse en grande pompe. Sur un chemin de pétales de roses fraîches, toute la noce fait le tour du lac, menée par le Mesureur en chef et son décamètre argenté, nous marchons pendant presque une demi-journée. Puis la noce danse et hurle toute la nuit sur la terrasse du restaurant au néon rouge, le seul du village. Blanche est le centre de cette étourdissante journée de fête. Gilbert pleure, boit, rit, ouvre le bal avec Blanche qui rit, danse, chante et s'évanouit.

Emportée par l'enthousiasme de Blanche, j'entoure ma taille de ceintures colorées, je cambre mon dos, je crème mes seins : enceintes en parallèle, comme des jumelles. Blanche revient bouleversée de sa première échographie : « C'est comme un haricot, Petite Boîte, regarde ! » et me colle le calque bleu foncé sous le nez. Le lendemain, j'ai son double que je scotche sur la fenêtre pour que notre enfant commence à habiter avec nous en transparence.

Trois mois plus tard, ventre rond comme un melon, Blanche découvre le sexe de son haricot : c'est un garçon. Pour nous, c'est fini. « L'embryon est mort. Ça arrive parfois, la première fois. Il faut laisser le corps l'éliminer… » Puis : « Votre corps ne l'élimine pas. Il va falloir vous l'enlever. » Opérer, rendez-vous, hôpital, cureter.

J'ai peur. Pour la première fois de ma vie, je dois partir à la ville. Le vacarme du bateau-ambulance m'emporte à travers le lac. Jeff serre ma main, notre maison bleue s'éloigne dans l'écume. À l'hôpital, mon village me manque. L'air n'est pas le même, je suis oppressée. On va m'anesthésier. J'ai peur de mourir. Sur la table de nuit, je laisse un mot d'adieu pour Jeff, petit papier que je retrouve à mon réveil, dans le même lit, quelques heures plus tard. Qu'en faire ? Où le jeter ? Je le froisse. Pas de poubelle, alors je le mâche, je mange mon testament prématuré, périmé, comme notre bébé dont il faudra jeter la photo bleutée. On m'examine, on me débranche : mission accomplie, tout s'est bien passé, sourient les infirmières. Vous pouvez rentrer chez vous. Affaire classée.

Pourquoi je veux mourir, alors ? Malgré toutes les attentions de Jeff, malgré sa tendresse, je ne pense qu'à la mort. Elle est entrée en moi, elle y a tué quelque chose que je n'ai pas su protéger, réparer, ressusciter, alors elle peut bien rester, me coloniser tout entière, je ne résisterai pas. Plus de force. Je suis une enveloppe vide, une cosse humaine qui parle, mange ou dort sans savoir pourquoi. J'essaie de m'en sortir :

« Raconte-moi les oiseaux, Jeff.

— C'était des animaux qui volaient. Comme quand on nage, tu vois ? mais dans l'air. Ils n'agitaient leurs bras qui s'appelaient des ailes que pour atterrir ou pour décoller. Le reste du temps, ils planaient. Comme quand on fait la planche, mais eux, dans le ciel. Et leur chant, le bruit qu'ils faisaient, comment te le décrire… »

Il fait grincer la porte, tourne un doigt mouillé sur le haut d'un verre en cristal ou souffle dans la conque de ses mains refermées.

La nuit, nous pleurons ensemble sous la lune verte. Et le jour, seuls, dans les toilettes, chacun de son côté. Le reste du temps, nous faisons comme si ça allait.

« Qu'est-ce qu'ils mangeaient, les oiseaux ?

– À l'origine, du grain, des insectes, des baies. Ensuite, n'importe quoi. C'est ça qui les a tués. Un genre de farine, du mouton en poudre, je crois. Nous aussi, on les mangeait.

– Pour pouvoir voler ?

– Non, parce que c'était bon. Du poulet rôti. Des cailles aux raisins. Du foie gras. Et parce qu'ils étaient faciles à élever. On adorait leurs œufs, aussi. Les œufs durs, les œufs à la coque, les omelettes, les flans… »

J'ai du mal à y croire. Des animaux qui nageaient dans le ciel sans tomber. Dix mille fois plus gros que n'importe quel insecte. De leurs plumes, on bourrait les couettes et les oreillers, il paraît.

« Des canards, des hiboux, des aigles…

– Encore.

– Des moineaux, des pintades, des corbeaux, des hirondelles… »

Un matin, je trouve un petit bouquet de fleurs sur notre escalier extérieur. Je lève la tête, la voisine me regarde derrière sa fenêtre, les yeux pleins de compassion. J'agite ma main, elle sourit et son rideau retombe.

Je suis de nouveau enceinte. Celui-là, dans ma tête, en secret, je l'appelle Knut : ça veut dire « nœud » en langue ancienne. Je l'attache par son nom au plus profond de moi, pour qu'il ne tombe pas.

On est assises sur un nouveau muret, une dizaine de mètres au-dessus de celui de notre enfance. Livre de prénoms à la main – elle est enceinte de son deuxième, elle –, Blanche me tanne :

« Et en anglais ? Happy Fish ? Happy Fish Brand, ça sonne bien, non ?

– Arrête avec tes noms de poisson.

– Écoute, après ce que vous avez vécu… »

Blanche s'interrompt pour bercer le landau de Maxime qui se réveille. Je soupire :

« De toute façon, il s'appellera pas Brand, ce bébé : on est mariés, je te rappelle.

– Je sais. J'y étais. Comment il s'appelle, ton Joseph, déjà ?

– Tados. »

Blanche rit, puis s'arrête, la main sur la bouche.

« Pardon, Petite Boîte. C'est pas drôle. »

Je ne veux pas me fâcher avec Blanche. C'est ma meilleure amie. Elle attrape son fils, ouvre son chemisier d'où elle sort un énorme sein blanc qu'elle fourre dans la bouche affamée, je demande :

« Et toi ? Les prénoms, tu as trouvé ? »

Maxime tête goulûment, les yeux et les poings fermés. Penchée sur lui, Blanche rayonne de tendresse. Je la hais, je le hais.

« Diane, si c'est une fille. Et Régis, si c'est encore un garçon. C'est beau, non ? »

Lui arracher ce bébé indécent de vitalité, le jeter à l'eau, qu'il aille rejoindre les morts, brouter de la vase, que les cochons carnivores le dévorent, qu'il cesse immédiatement de respirer ! Je souris à mon amie : « Trop mignon. »

Couchée sur notre lit, jambes écartées, j'essaie de respirer entre l'épée de feu des contractions. Cette fois, je vais mourir. Pas eu le temps de réécrire ma lettre d'adieu. Même pas pu appeler le bateau-ambulance des pompiers, réquisitionné par Blanche, il y a une heure.

« Aaaargh, Jeff ! »

Jeff m'essuie le front, serre ma main et guette la sage-femme par la fenêtre.

« Comment on va l'appeler ? »

Si c'est un garçon, il gardera son nom secret.

« Aargh, Jeff, fais-moi rire, vite ! Jeff, reste là ! Jeff ! »

La douleur est peut-être un organisme vivant, invisible mais réel, qui habite à l'intérieur de notre corps. Parfois, il se réveille, s'agite violemment, mais le reste du temps il dort. Du bout de ses tentacules, soudain, il appuie sur nos gencives, nos tympans, nos seins adolescents ou notre utérus comme là, maintenant, aaargh ! Et c'est lui qui nous suce le sang, de l'intérieur, qui boit toute l'eau de notre peau d'enfant. Mais que devient-il, quand on meurt ?

Quand papa prend Knut dans ses bras, ses larmes baptisent le petit visage fripé que maman essuie ensuite, en le berçant. Fabrice n'ose pas lui succéder, impressionné par sa petitesse, mais il effleure les mains et les pieds de notre bébé à qui il offre un magnifique petit chien en bois qu'il a sculpté, avec les pattes et la tête qui bougent, chevillées. Il vient de s'engager dans l'armée. « Un garçon arrive, l'autre s'en va », soupire maman. Je m'en fous. On s'en fout, Jeff et moi. Le miracle est là, tous les jours, sous nos yeux : on était deux et, maintenant, on est trois.

Chaque matin, je sors prendre l'air devant notre maison bleue. La neige sur les sommets ressemble au lait caillé qui tache nos épaules. Des dizaines d'épaules de nouveaux parents, agglomérées en une chaîne qui tombe dans le lac.

Knut dort, Knut se réveille, Knut mange, Knut tente d'attraper les éclats de lumière reflétée par l'eau du lac. Je le pose sur mes genoux relevés, Knut s'endort sur le dos, ses bras retombant mollement. Jeff le pose sur sa poitrine, Knut s'endort à plat ventre, et monte et descend, ses minuscules poings fermés.

Jeff cultive la parcelle au-dessus de notre maison et pêche matin et soir. Moi, je l'aide au jardin, Knut sous sa moustiquaire, et je pêche avec lui les nuits de pleine lune, en laissant Knut à la garde de mes parents. Les jours s'enchaînent. Collines humaines, montagnes d'énergie, nous dormons, nous nous réveillons, nous mangeons, nous travaillons, nous nous occupons de notre bébé et nous mangeons et nous dormons et nous nous réveillons.

Un dimanche, un étrange bateau accoste au village, plein d'hommes en bobs kaki, chargés de crème antimoustique, de carnets de notes et d'appareils photo à long nez. Leurs Oh ! et leurs Ah ! font vibrer le ponton. Des ethnologues, ce sont. Il paraît que nous sommes une sorte de réserve : derrière les montagnes qui rapetissent, une vie urbaine âpre et polluée ferait rage tandis que nous, pêcheurs traditionnels, éleveurs de cochons mutants, nous vivrions comme dans le passé.

Notre ciel calme se fendille. Dans le sillage de ce premier bateau, un air froid s'engouffre, couchant les bouleaux, remuant l'eau, nous bousculant sur nos rues de planches. Nous nous cramponnons. Dimanche après dimanche, les groupes d'ethnologues nous observent, nous dessinent et nous interrogent.

Au marché, Knut dans les bras, je fais la queue pour acheter du fromage. Un vieil homme attend devant moi, sac au dos et caméra sous le bras. Il se tourne vers nous, prend le menton de Knut et me demande :

« Quel âge ? Deux ans et demi ? »

Je lui souris :

« Trois ans.

– Ah, trois ans, oui. Ma fille avait trois ans. Je l'ai perdue. Dans un bombardement. »

Les planches tremblent sous mes pieds, des avions grondent dans le ciel, toutes les sirènes se déclenchent, les cloches de l'église sonnent le glas : bombardements, tirs, explosions, incendies, Knut tombe, sa petite tête explose, bouts de corps, flaques de sang, hurlements… Non, non, ce ne sont que les cloches de la fin du culte, pas la guerre. Nous sommes en paix, c'est dimanche, j'ai trente ans, je suis vivante et Knut aussi, dans mes bras. Bouleversée, je rattrape le vieux monsieur en train de choisir son souvenir à rapporter : « Je vous comprends ! »

Fronçant ses sourcils, il demande à la marchande :

« Qui c'est celle-là ?

– Petite Boîte d'Os, elle est spéciale, vous occupez pas. »

Le vacarme du vent qui souffle ressemble à celui du papier qu'on déchire. Debout dans la cuisine, manches relevées, je pétris la pâte à coups de poing. Pour qui se prennent-ils, ces ethnologues voyeurs, à venir nous filmer, distribuer des cochonneries à nos enfants qui piaillent ou à se moquer des cochons au soleil sur nos appuis de fenêtres ?

Notre cochon à nous dort sur le plancher, tout étalé. C'est le cadeau de Jeff à Knut pour ses trois ans. Knut l'a baptisé Rosie, ils sont inséparables. Les yeux clos, Rosie tient encore sa tête en l'air, pattes avant repliées, et son poil rose fluorescent se soulève et s'abaisse régulièrement. Contre elle, Knut, collé, dans le même sommeil animal partagé.

« Bande d'irresponsables ! grogne Fabrice venu déjeuner. Vous viendrez pas pleurer quand votre gosse sera malade ! »

À table, Rosie tente de gagner l'affection de Fabrice du bout du groin. Il lui répond à coups de fourchette. Le groin de Rosie saigne, je me rappelle les guêpes et j'annonce : « Qui veut du café ? »

Un soir, quand je lui demande ce qu'il fait dans la salle de bains, Knut me répond : « Je me regarde les trous de nez. » Je sors m'asseoir sur une pierre pour profiter de ce bonheur. Est-ce cela, l'ineffable ? Il faut que je demande à papa. Quelque chose grésille dans l'herbe noire.

« Gaffe aux hémorroïdes, Petite Boîte », murmure Jeff qui passe avec son sac. Une fois par mois, il va chercher des cheveux coupés chez le coiffeur, qu'il répand tout autour du potager pour empêcher les lapins d'y entrer. Eux aussi commencent à muter. La nuit, ils rayonnent d'un drôle de halo vert dans les collines.

J'écoute les grenouilles dans le noir. Le vent fait danser les pétales des arbres fruitiers. L'odeur chaude et sucrée du colza, même la nuit. Les moteurs des gros chalutiers transvallée. Le néon du restaurant qui clignote. La lune, grande et pâle. Ce soir, il y a une étoile pile au centre de son croissant, comme sur le drapeau de quel pays déjà ? C'est vrai que le monde existe, plus vaste que notre village. Partout, la neige et la glace fondent, des milliers de rivages sont noyés, des terres, recouvertes, des gens, refoulés. Clapotis contre les poteaux, quelques grognements de cochons, les fenêtres s'éteignent l'une après l'autre.

Je rentre embrasser notre petit garçon qui chuchote dans le noir : « T'es belle, maman... », ébloui par mes mules dorées.

Pourquoi nos enfants sont-ils attirés par tout ce qui brille ? Pour rattraper sa barrette, la fille de Blanche se penche au bord des planches, tombe dans le lac, coule et se noie. Blanche sort de chez elle et hurle. Le bateau-ambulance l'emporte dormir en ville d'un lourd sommeil médicalisé. Pendant son absence, mon père cherche ses mots lors du culte des funérailles, et tout le village se rassemble autour du petit cercueil de Diane qui glisse dans l'eau avec une douceur insupportable. Quand Blanche revient, sa vie reprend comme si rien ne s'était passé. Très vite, elle est de nouveau enceinte. Gilbert a pris la succession de son père, le Mesureur, la

montée des eaux lui fait parcourir un terri-
toire de plus en plus vaste et éloigné.

La vie est cyclique. La barbe pousse sur
les joues de Jeff qui la rase, elle repousse. Il
la rase, elle repousse. L'armée de poils perce
la peau du menton et des joues de Jeff, me
pique les lèvres quand je l'embrasse et
m'embrase. La vie est ronde. On se regarde,
face à face, tellement près. On se connaît par
cœur, on se redécouvre sans arrêt.

Si tous les icebergs du monde fondent, l'eau
du lac mordra la terre, l'herbe et les joncs, elle
escaladera les collines et noiera notre jardin
potager, les routes de planches, les poteaux,
les traverses. Un jour, toutes nos maisons
remontées au plus haut seront tout de même
inondées, nous serons obligés de nous réfugier sur leurs toits d'herbe, encordés.

Combien de printemps ai-je vécus déjà ?
Tout recommence, tout revit, tout sort de
terre et s'offre au soleil dans notre pays
imbibé. L'eau stagnante, les aubépines, les
lilas, les poissons dans l'eau sombre. Sur un
chemin entre deux flaques, un lièvre à reflets
verts dresse les oreilles dans son nid, lève ses
pattes arrière, comme pour s'étirer, museau

en l'air, et se tasse de nouveau, tout enroulé. Des ragondins remuent au loin, dans leur trou béant au front des berges. Chacun dans sa mare, deux cochons grouinent l'un vers l'autre puis plongent et disparaissent simultanément. Dans le ciel calme, des mouches en spirale et des nuages de moustiques passent. Les chiens aboient à sept heures du soir, quand la sirène du bateau de pompiers traverse le lac. Les grenouilles coassent dans l'obscurité.

Nous buvons notre café devant la maison, après le déjeuner, assis sur les marches, le soleil nous écrase délicieusement. Café brûlant, soleil aveuglant, les yeux plissés, je cuis.

« Tu verras, en vieillissant, ou peut-être ça te le fait déjà…, murmure Jeff.

– Mmm ?

– On est de plus en plus sensible à la nature.

– Ah, je croyais les saisons.

– Non, la nature, le vivant. »

À chaque anniversaire, Joseph m'offre des cadeaux magnifiques. Pour mes quarante ans, c'est un mouton. Vivant. Du jamais vu, au village. Mouton égale laine, lait et même viande : je n'en peux plus de manger du poisson et je ne supporte plus de voir tuer des cochons qui font partie de ma famille maintenant. Sans parler de leur grâce, quand ils nagent : on dirait maman, en plus fluorescent.

Mon mouton, je l'appelle King. Il est grand, gros et sa montagne de laine sale tremble autour de lui quand il avance sur ses petites cannes. Délaissant Rosie, Knut l'enfourche dès son retour de l'école, les mains cramponnées au pelage gris emmêlé. Mais il faut sans cesse lui masser les estomacs, sinon il tousse et s'étouffe. Alors, tous les soirs, coiffée de ma lampe frontale, je sors m'en occuper pendant que Jeff lit des histoires à Knut. Les moustiques rasent ma tête, le lac clapote, l'air sent la vase, et le néon du restaurant clignote : Ouvert. Ouvert. Ouvert. Ouvert, faisant rougir le gros corps haletant.

Un soir, je me coupe la paume sur le fil de fer rouillé. Dans le noir, je suce les deux goûts de fer mélangés puis je rentre me coucher. Le lendemain, ma main me lance et une pensée me glace : le tétanos ! Je n'ai pas fait de rappel depuis des années. Si je l'ai attrapé, je vais mourir en trois jours. C'est si énorme que je ne dis rien à personne. De toute façon, c'est trop tard. Je m'endors en me demandant si je me réveillerai le lendemain. J'agis comme si c'était la dernière fois. Je dois mourir dans d'effroyables douleurs, c'est ce qui me fait le plus peur. Mais la plaie doit sûrement s'infecter, pour commencer. Chaque matin, jusqu'à complète cicatrisation, j'appuie sur la plaie avec du désinfectant, ça pique et je pense : sauvée.

La nuit, quand les loups hurlent au loin, je tremble pour King et je monte la garde, armée du fusil, derrière les fenêtres. Un dimanche matin, je sors le nourrir mais je reviens, le seau plein : il gît dans une mare de sang, une patte et une moitié d'estomac en moins.

Le dimanche, quand il est au village, j'invite Fabrice à déjeuner, avec mes parents. Il s'est mis en couple avec Barbara, la fromagère du marché qui nous apporte ses plus beaux spécimens : rien que de l'arrivage, sentez ! On s'extasie sur le panier enrubanné, on s'installe à table, on mange, on boit. Knut passe des genoux de mon père à ceux de ma mère, raconte des histoires sans queue ni tête, chipote dans nos assiettes, c'est très gai. Mais quand Jeff l'emmène faire sa sieste, mon frère explose : « Nous, on a des chiens, quand même, c'est moins dérangeant. Beaucoup d'enfants ne sont pas aussi sages que nos chiens. Nos chiens, par exemple, on peut les laisser à la maison, longtemps, et quand on revient, ils nous attendent sagement. Hein, Bébé ? »

Bébé acquiesce. Elle renchérit, et c'est à moi qu'elle s'adresse :

« Si on a un enfant, quand on est malade, il faut quand même s'en occuper. Alors que nous, on peut faire ce qu'on veut, sans être gênés.

— Voilà, nous, on rend service à la planète en n'ayant pas d'enfants, renchérit mon frère. Moins on sera nombreux, plus on sera payés, non ? »

Je demande : « Qui veut du café ? »

Tout le monde quitte la table, sauf Fabrice qui s'étonne : « Quoi, quoi ? J'ai encore dit quelque chose qui va pas ? »

J'ai souvent froid, le matin, quand je me lève. Pour mes quarante et un ans, Jeff m'offre une robe de chambre en peaux d'écureuil qu'il a tannées et assemblées en secret. Elle est chaude et immensément douce. Tous ces roux différents assemblés en étoiles, c'est magnifique.

« Tu es parfait, je lui dis, drapée dans mon cadeau. »

Il me répond :

« Je sais.

– Juste, tu fais chier d'être vieux.

– T'avais qu'à te dépêcher de naître. »

Grâce à l'un de ses amis, Fabrice nous trouve quatre nouveaux moutons que je recommence à nourrir, à masser, à soigner et à protéger des loups avec une barrière électrique. Mais Knut ne les chevauche plus et il a interdiction de s'approcher de la clôture, le soir, quand elle est sous tension. Avec ce nouveau troupeau, nous faisons des calculs : entre le lait, la laine, la viande et l'agnelage, on devrait s'en sortir aisément.

Mais une nuit, de grands bêlements nous réveillent, mêlés de gros rires et de bruits d'eau. J'attrape ma robe de chambre, je sors, je descends les marches quatre à quatre, Jeff est déjà dehors : des silhouettes gloussantes ont écrasé la clôture avec un tronc et rabattu nos moutons vers le lac où ils sont en train de couler, entraînés par le poids de leur laine mouillée.

Je commence à me déshabiller, Jeff m'arrête : « Trop tard, Petite Boîte. »

Plus que quelques ronds concentriques dans l'eau noire où mes moutons se débattent. Parmi les soûlards qui titubent sur le ponton, Gilbert s'avance et bafouille : « C'était une blague, Petite Boîte. On pensait pas. On voulait juste… On croyait que les moutons aussi, ils savaient nager… Comme les c… comme les cochons. »

Jeff me prend dans ses bras. Nous tournons le dos au lac, aux poivrots, aux quelques cochons ébahis que la noyade a réveillés et nous remontons vers notre maison.

« Plus jamais de moutons, je murmure à Jeff.

– Plus jamais », il promet.

Alors quoi ? Comment nous en sortir, tous les trois, pour tout payer ? L'argent de la pêche et du potager ne suffit plus, maintenant que Knut grandit. Comment gagner notre vie ?

Au village, les élevages de cochons tournent à plein rendement, mais l'automatisation fait qu'ils débauchent. Les poissons se raréfient dans le lac et les pêcheurs raccrochent leurs filets. Gilbert truste toutes les mesures avec sa bande de poissards. Les commerces sont rares, le restaurant est devenu un self, le coiffeur vient de changer, le boucher fait travailler ses enfants… Plus qu'une solution pour nous en sortir financièrement : partir.

Dans la ville de l'autre côté du lac, haute jusqu'au ciel, je découvre des millions de gens empilés. Le bruit de la foule m'épuise. Les ethnologues disaient vrai : au village, nous vivons dans une bulle hors du temps. Mais je n'ai pas le choix. Tous les matins, je quitte mes hommes pour prendre le bac orange qui fait la navette entre notre village et la ville, de l'autre côté. Presque une heure de traversée. C'est la première fois que je me retrouve si loin des miens. J'achète un téléphone portable pour rester en contact.

« Tu es folle, Petite Boîte ! me répète Blanche, enceinte de son quatrième enfant. Fais un autre gosse, plutôt. Le travail, c'est pas pour nous. Tu vas vieillir plus vite, avec la pollution et le stress. Tes nichons vont tomber et tu pourras plus jamais les remonter !

– J'ai besoin d'argent, Blanche.

– Tu veux qu'on t'en prête ? Gilbert rapporte des biftons par sacs entiers...

– Pas de ça entre nous, ma vieille. Ça gâcherait.

– Rien ne peut gâcher ! » elle me crie, en riant, quand je la quitte.

C'est peut-être vrai, mais je ne veux pas risquer.

L'eau continue tellement de monter que notre lac en rejoint un autre, plus grand, derrière les collines, dans lequel il se fond, et les collines deviennent des îles. Un soir, un immense vaisseau arrive au loin, pointillé de lumières qui scintillent dans le noir, glissant sur son reflet inversé. C'est un paquebot de dix étages, titanesque, qui avance majestueusement vers notre petit village pour venir accoster notre ponton – une brindille – à l'aube. Parents, enfants et grands-parents, nous passons une nuit merveilleuse, assis sur les rues de planches, à regarder ce monstre de lumière glisser sur notre lac, vers nous, sans bruit. Même les grappes de cochons roses qui dérivent semblent fascinées par cet immeuble éblouissant qui bouche tout notre paysage, fait trembler les rues de planches en accostant, au matin, et débarque un flot ininterrompu de touristes à banane, caméra, K-way et billets froissés qui veulent tout acheter puis repartent, en fin de journée, dans leur paquebot-monde, vers d'autres lieux exotiques et préservés.

Dans le bac, le matin, je m'habitue aux visages bouffis des lève-tôt dont je fais partie. Est-ce que j'ai débranché le grille-pain en partant ? L'angoisse me saisit en pleine traversée : à l'heure qu'il est, Knut et Jeff sont peut-être morts dans les flammes. Non, je l'ai débranché, je l'aurais vu rougeoyer sur la table en partant. Le bac étire les kilomètres liquides entre nous.

Rosie aussi rougeoie dans l'obscurité, elle gêne notre fils devenu grand. Elle répand trop de lumière la nuit, couchée au bout de son lit, alors il la recouvre de ses habits, et elle, bonne pâte, transpire dessous, étouffe, renifle et grouine, et Knut n'en peut plus de ce boucan, il a besoin de sommeil, il est en pleine croissance, il dit. Il ne supporte pas de la retrouver étalée en travers de son lit quand il revient du collège avec des copains : « Un cochon-bifteck, il est entré par la fenêtre, chasse-le, chasse-le, c'est dégoûtant ! » Comment leur répondre : non, c'est mon animal de compagnie depuis que je suis tout petit ? Quand elles vous aiment, les bêtes, c'est pour la vie. Et depuis que les éleveurs ont encore trafiqué leurs gènes, la longévité de ces cochons est quasi infinie.

À la ville, je déjeune d'un sandwich et d'un grand café au lait, dans un bar sombre, enfumé et bruyant où tout le monde garde son manteau. Trois grosses sourdes s'asseyent toujours en face de moi, l'une d'elles mange une baguette entière à chaque repas, sans la couper, comme un gressin géant. Je regarde leur langage silencieux qui danse dans l'air, que je ne comprends pas malgré les jours qui passent.

Je voudrais parler, mais à qui ? Je ne connais personne de ce côté du lac et je dois avoir l'air d'une campagnarde. Je mange mon sandwich, je bois mon café et je fume en regardant les formes que prennent les volutes jusqu'à ce que ce soit l'heure de rembaucher. La radio joue « Sorry, angel, sorry so... » pendant que les bus expirent derrière la vitre et que les ventres blancs des avions nous écrasent de leur vacarme. Est-ce à cela que ressemblaient les oiseaux, avant ? Il paraît qu'il y a des gens, dedans. De vraies personnes, vivantes, qui s'envolent vers l'autre bout du monde en très peu de temps. Les avions vrombissent sur nos têtes, et les hors-bord, derrière les vitres qui tremblent. Une étrange petite fille aux jambes nues s'approche de moi et me parle dans une langue incompréhensible. Elle me demande quelque chose, en me caressant les cheveux. Un coup de sifflet l'appelle dehors, elle s'en va. J'aurais voulu faire quelque chose pour elle, mais quoi ?

Quand je rentre de la ville, en fin de journée, debout dans la foule du bac, notre village en cercle me semble dérisoire. Rosie m'attend devant notre porte, comme un gros chien rose. Les soirs d'hiver, au loin, elle est un fanal qui m'indique notre maison, du même rose fluo que les grappes de ses frères qui dansent sur les flots. Elle m'attend pour jouer. Alors je pose mon sac dans la cuisine, je bois un verre d'eau, je redescends les marches, un vieux journal à la main, que je froisse en boule et lance loin derrière notre maison, vers la forêt. Rosie court rattraper sa balle, me la rapporte, je la lui lance de nouveau.

Ensuite, je rentre m'asseoir dans la cuisine face à quelque chose de beau pour me laver les yeux de la ville. Un bol de fraises, trois citrons dans une assiette bleue. Je peux passer des heures à regarder des citrons dans la pénombre. Leur rayonnement jaune est indicible, comme la teinte de la glycine. C'est un jaune différent de celui de la maison de mes parents. Jour après jour, j'observe la migration secrète des choses : la table de cuisine qui se décale vers la chaudière, le pot de crème qui remonte sur l'étagère, le rasoir qui avance vers le lavabo, la fuite éperdue de tout crayon loin du téléphone.

Ma robe de chambre rousse se râpe. Je recouds ses emmanchures, je raboute les unes aux autres les peaux des petites pattes délicates, à minuscules points serrés, mais je ne peux pas recoller le doux pelage qui s'efface par plaques.

Cigarette du soir, seule dans la nuit. Les chiens fous quand le bateau des pompiers passe. Et le hurlement des loups en écho, dans la pâleur verte de la pleine lune. D'où reviennent-ils, trop proches de nous ? La vie est pleine de dangers. Un été, pendant une fête de la Remontée, les cordages d'une maison cassent, elle débaroule comme un boulet vers le lac et broie au passage les deux jambes de Fabrice, trop lourd pour se pousser. J'entends encore le craquement sinistre du bois et des os mélangés. Des lapins verts affamés ont dû ronger les cordes.

Fabrice ne supporte pas l'hôpital. On le rapatrie chez Barbara qui s'occupe de lui. Mais mon frère refuse cette immobilité forcée et le vide sous le drap, à la place de ses cuisses, lui qui arpentait le pays avec ses chiens, fier et libre. Il fait tomber son assiette par terre, repousse Barbara lorsqu'elle veut le soigner, boit puis pleure contre son épaule en la suppliant de lui pardonner.

Barbara voudrait que nos parents le reprennent, mais Fabrice refuse. Le développement de l'élevage de cochons a vidé le village, alors Fabrice emménage – on déménage pour lui – dans une petite maison rouge, humide, un peu abandonnée, d'où il crie : « C'est bon, je peux me débrouiller tout seul, foutez-moi la paix, dégagez ! »

Puis on se retrouve, tous sauf lui, chez papa et maman qui cuisinent pour s'occuper, pour ne pas penser à leur fils resté seul, sans ses jambes, rage décuplée, et on mange dans un silence triste et épais.

Knut est adolescent. L'ombre de moustache au-dessus de ses lèvres me rappelle celle de Fabrice, jadis, et sa voix se perd entre les graves et les aigus. Ce qu'il aime, c'est qu'on le laisse filer, retrouver ses copains, loin de nous, le plus loin possible. Sa chambre est une grotte molle au sol jonché de vêtements sales, chaussettes puantes, baskets boueuses, serviettes humides, bouteilles de soda vides, paquets de gâteaux entamés et vieux papiers que Rosie adore. Dès que Knut part pour le lycée, elle se vautre sur ce qu'elle trouve de plus tiède pour y dormir dans la pénombre – il n'ouvre plus les volets – toute la journée.

Mais Fabrice bat Knut sur le plan de la crasse et de la puanteur. Un dimanche matin, je lui rends visite. Quand je pousse la porte de sa petite maison rouge, une odeur monstrueuse m'assaille et des grognements si féroces jaillissent de la pénombre que je lâche tout pendant que Fabrice gronde de l'intérieur :

« Qui c'est ? au milieu des aboiements déchaînés.

– C'est moi, Petite Boîte ! je crie pour couvrir le bruit.

– S'tu veux, putain ? J'ai besoin de rien !

– Je voulais juste… je peux entrer ? Tu peux retenir tes chiens ? »

Qu'est-ce qu'ils font dans la maison ? Fabrice a peur d'être attaqué, maintenant qu'il est diminué ? Il rappelle ses bêtes et j'entre. Des gamelles partout par terre, de vieilles assiettes, des boîtes de pâtée ouvertes cernées d'une croûte sombre séchée. Canapé, chaises, rideaux, fauteuil roulant, tout est mâché, lacéré, déchiqueté. Le jour passe à peine à travers les lattes des volets déboîtés. Où est mon frère ? Par terre, dans un coin de la pièce, couvert de bandages maculés, au milieu d'une masse grondante de chiens au même regard fiévreux que leur maître.

Je me précipite, m'accroupis pour être à sa hauteur :

« Qu'est-ce qui t'arrive, tu es tombé, et tes chiens t'ont… ?

– Fous-moi la paix, chus très bien là, oké ?!

– Mais comment tu fais… pour manger ? »

Il serre violemment ses chiens qui couinent contre lui et me sourit, les dents jaunes :

« Ah, mais on a tout ce qu'il nous faut, nous, hein ? Regarde.

– Tu manges quand même pas…

– Il y a des croquettes aussi, mais on vient de finir le sac, hein les bêtes ?

– Et tu les sors quand, les chiens ? Tu veux que je vienne… ?

– Ça, c'est ma sœur, ça, Petite Boîte, ma gentille sœur qu'a une beeelle vie avec une beeelle famille de cannibales ! Ha ! Ils sortent tout seuls, les clébards, qu'est-ce que tu crois ? Allez maintenant casse-toi, je t'ai assez vue… Dégage, je t'ai dit ! Dégage ou on t'attaque, les bêtes et moi ! »

Je me lève, je sors, poursuivie par les aboiements, je ferme la porte, je descends les marches et je repars en évitant les crottes fraîches et sèches, un vrai champ de mines. Je traverse le village en automate. Rosie m'attend devant la maison. Je remplis sa gamelle avec rage, ça déborde, je la lui jette par terre : tiens, toi aussi, bâfre !

Blanche disparaît en pleine journée. Personne ne la voit faire : les petits font la sieste, les grands sont à l'école et Gilbert mesure, quelque part. En fin d'après-midi, des voisins découvrent les petits barbouillés de chocolat, assis sur le bord d'une fenêtre, en train de manger une tablette avec le papier. On envoie chercher Gilbert. Quand les grands rentrent de l'école, leur père lit la lettre qui l'attendait sur la table, entre le bouquet d'orchidées et la coupelle de verre soufflé pour les clés. Blanche y a écrit, à l'encre turquoise : « Je n'arrive plus à faire semblant. Ce n'est pas la vie que je voulais. »

Pompiers, police, volontaires, tout le monde part à sa recherche. Gyrophares, aboiements, plongeurs, hélicoptères. Au crépuscule, on trouve son corps sous un mètre de vase : Blanche s'est jetée dans le lac, un parpaing autour du cou. On la repêche, on la hisse hors de l'eau, on la pose sur les planches. Ses longs cheveux trempés pendent comme des algues et sa robe de soie colle à son corps pâle de noyée.

Tremblement de terre. Le lac se soulève devant moi en un geyser noir et glacé, les rues de planches se défont comme des touches de piano balancées dans les airs et la terre craque, se fissure, abat tous les arbres de la forêt. La mort de Blanche me ravage. Mes bras coupés à la hache, mes yeux arrachés, mon souffle aspiré. Ironie des rites : une fois la cérémonie terminée, quand les derniers mots de mon père flottent dans la nef sombre, c'est dans l'eau du lac, de nouveau, que les hommes en noir la font glisser. À ses pieds, cette fois, des pierres mortuaires qui lestent son cercueil ajouré. Gilbert gémit, ses amis le prennent par les épaules, la famille s'occupe des enfants, tout le monde s'éloigne pour boire et manger en pleurant et je reste au bord de l'eau, avec quelques cochons pensifs, à me rappeler nos socquettes trempées.

Pour mes quarante-huit ans, Jeff m'offre des palmes translucides avec lesquelles je nage pendant des heures dans le lac, au milieu des bancs de cochons fluorescents, c'est la seule chose qui peut me consoler. Pour mes quarante-neuf ans, un long foulard de soie bleu ciel, si doux et si chaud que je ne le quitte pas pendant des semaines. Magique, il soigne torticolis et maux de gorge. Pour mes cinquante ans, un harmonica dont je joue tout bas dès que je suis seule, comme si ma vie était un film de cowboys.

Les chiens de Fabrice retournent à l'état sauvage. Les villageois se plaignent : leur meute entre par les portes, les fenêtres ou les chatières pour voler de la nourriture. Et les éleveurs n'en peuvent plus de ces bêtes effrayantes qui montent des embuscades contre les cochons isolés qu'ils tuent sauvagement puis traînent vers leur repaire dans de grandes traces de sang jusqu'à mon frère, échoué sur son plancher de crasse, qui ne le cuit même pas mais le dépèce au couteau de chasse et partage avec ses rabatteurs barbares le festin de viande crue qu'ils bâfrent côte à côte, à pleines mains, à pleine gueule, jusqu'à ne plus laisser qu'un petit tas d'os qu'ils reprennent un par un, en les rongeant, pour passer le temps, rotant et hoquetant, avant de s'endormir, gavés. Pour se déplacer, Fabrice rampe sur ses mains bandées de chiffons. La barbe lui mange le visage, ses cheveux couvrent ses yeux. Les nuits de pleine lune, ils sortent tous sur les marches de la cabane rouge, homme et chiens, les yeux fous, et ils aboient pendant des heures dans la pâleur lunaire qui nappe le lac, jusqu'à ce que les loups leur répondent, dans les collines, trop près. Quelques lumières s'allument puis s'éteignent. Les voisins se réfugient sous les couettes d'algues, leurs enfants pleurent et les éleveurs nerveux recomptent leurs bêtes.

Un dimanche après-midi, à la demande de Fabrice, Jeff vient le chercher.

« Toi, Cannibale, t'es pas comme les autres, t'as pas pitié quand tu me regardes », marmonne Fabrice. Jeff emporte mon frère sur son dos, comme un père, son fils, ou comme lui-même, jadis, sa forêt de bouleaux. Je les regarde s'éloigner au milieu des chiens faméliques qui les suivent en silence jusqu'en haut de la colline puis à travers la forêt. La suite, Jeff me la raconte à son retour, à mi-voix.

« Là », a grogné Fabrice. Jeff l'a posé, adossé à un vieux chêne couvert de mousse. Les chiens étaient squelettiques et mon frère, dans un état épouvantable. Tous puaient au-delà de l'imaginable. Les yeux brillants, injectés de sang, Fabrice a longuement serré la main de Jeff, sans rien dire, puis il a grogné : « Dégage, Cannibale. Maintenant ! » et Jeff s'en est allé. Après quelques pas, quand il s'est retourné, la nuit régnait et mon frère buvait sa dernière bière, tête renversée, au milieu de sa meute pelée, cerné par les taches jaunes des yeux des loups qui clignotaient dans l'obscurité.

En automne, le foin sèche, plié sur des fils de fer qui strient les champs. On dirait des peaux d'hommes et de femmes repliées, leurs enveloppes vides de chair et de pensées. Des lignes et des lignes de peaux d'humains au ventre scié, séchant dans le vent qui fait doucement battre les plus légères.

Les feuilles sèches raclent les pontons dans un souffle de crécelle et tombent dans le lac qu'elles étoilent de jaune et d'orange. Certaines d'entre d'elles restent accrochées sur l'oreille ou le dos d'un cochon, comme un tatouage ou ces décalcomanies auxquelles Knut jouait, petit. Du bout des doigts, nous l'aidions à les faire glisser, un peu gluantes, de leur support à sa feuille de papier.

Les jours raccourcissent et le niveau du lac continue de monter. Certaines nuits de pleine lune, maman s'y baigne. Dans mon lit, les yeux ouverts, je l'imagine. Elle sort de la maison jaune qui paraît brune sous cette lumière, descend les rues de planches jusqu'à l'eau sombre qui miroite, jette sa chemise de nuit en l'air et danse, nue, en silence. Puis elle saute dans l'eau qui se brise en mille éclats et se recompose en cercles noirs autour de sa tête qui émerge. Maman nage lentement au milieu des cochons qu'elle a réveillés, son sillage brillant la suit comme une queue. Elle plonge. Dans un chapelet de bulles, ses fesses rondes et pâles brillent sous la lune comme la tête d'un monstre joufflu, puis maman remonte, rit, et, sur la berge, papa lui tend une serviette.

En automne, je retourne travailler à la ville. Mes pieds avancent, régulièrement, de l'embarcadère au bureau, du bureau au bar, du bar au bureau, du bureau à l'embarcadère, mais ma tête reste à la traîne. Quand je marche dans les rues, je vois le nom des gens flotter à côté d'eux, à hauteur de leur torse ou de leur taille, en lettres brillantes, et j'entends leurs pensées chuchotantes. Ce scintillement me fascine et m'épuise. Parfois, je suis des inconnus, au risque de me perdre, tellement leur nom frémissant leur va bien, ou leurs pensées sont musicales, rythmées. Et le jour s'éteint, mauve.

L'hiver revient nous envelopper dans sa gangue de froid. J'ai vécu plus de temps avec Jeff que sans lui. Je connais toutes ses odeurs, toutes les matières de son corps, ses cheveux, ses poils, ses lèvres, sa peau. Je reconnais sa silhouette à plusieurs kilomètres. Je devine son humeur à sa démarche, à sa respiration. Ensemble, nous sortons les habits chauds de la naphtaline et aérons nos manteaux. Knut essaie le grand pardessus bleu marine aux boutons en os qui lui va parfaitement, cette année. « Trop beau ! » il s'écrie en se regardant dans la glace. Jeff rit : « Cette vieille chose ! » et le lui donne. « Qu'est-ce que je vais mettre, moi, alors ? » Knut lui échange son anorak, léger comme une plume, imperméable, plein de poches, trop petit pour lui, et Jeff rajeunit de vingt ans.

L'hiver, il passe des heures à fabriquer ses mouches pour la pêche, penché sur son étau, ses boîtes de poils en tous genres, de peaux, de fibres ou de graines et ses petits flacons de vernis et de laque autour de lui. Nymphes, mouches sèches, streamers, oreilles de lièvre, peutes, poppers, éphémères, j'aime ces noms et le minuscule bestiaire immobile qu'il assemble dans notre cuisine, chaque soir. Pour qu'il les lie discrètement, j'arrache quelques-uns de mes cheveux les plus longs, qu'il pose précautionneusement sur un chiffon, comme si c'étaient des fils d'or. Au printemps, les poissons mangeront un bout de moi avant que nous ne les mangions. Donnant, donnant. Ou presque.

Notre lac est si vaste que, même au plus noir de l'hiver, il ne gèle plus qu'au bord, sur quelques mètres, par plaques fines qui ondulent et s'entrechoquent. Le froid pince, les cochons disparaissent du paysage, réfugiés dans leurs étables, sauf les plus gras qui, couchés à l'abri du vent, se laissent ensevelir quelques heures sous la neige, formant des bulbes blancs scintillants d'où leur respiration sort par deux petits trous fondus au ras du sol. Le soir, à l'heure de la pâtée, ils s'ébrouent, brisant leur carapace blanche, et regagnent leur étable en frissonnant.

Quand il était petit, Knut nous rapportait souvent une boule de neige qu'il voulait garder jusqu'à l'été. Nous la mettions au congélateur mais, six mois plus tard, il l'avait oubliée. Alors je la sortais, en plein été, la posais dans l'assiette bleue et la regardais fondre en accéléré comme l'œil bouilli d'un poisson géant qui se désintègre en flaque. Knut se bat toujours à coups de boule de neige, avec ses copains, il en revient les joues rouges, les yeux brillants, les mèches trempées. Nous aussi, parfois, on se bat, Jeff et moi, le dimanche ; les autres jours, il fait déjà nuit quand je rentre. Derrière la fenêtre, Rosie nous regarde crier de joie dans l'attaque. Ou bien je construis des créatures de neige étranges qui gèlent pendant la nuit, penchent la tête, se déhanchent, perdent un bras ou une corne. Plus tard, dans la journée, leurs yeux de cailloux tombent à leurs pieds sous le soleil pâle et plat.

La nuit, le vent du nord souffle si fort qu'il claque des branches contre la maison et siffle sous le toit. Je visite mon corps de l'intérieur. Sa grande charpente d'os comme une cale de bateau. Son souple entrelacs ondulant d'organes et de boyaux. Son réseau de fins tuyaux où le sang pulse, rouge et bleu. Le double soufflet régulier de ses poumons. La pompe sourde de son cœur. La centrale électrique dans sa petite boîte d'os, là-haut, au cœur du coussin mou et strié replié sur lui-même, au secret.

Toute cette machinerie sous nos peaux. Toutes nos peaux sous nos habits. L'électricité qu'elles produisent quand elles se frottent l'une contre l'autre. Certains soirs, notre chambre sent le soufre. Knut dort derrière la cloison, je me mords la main pour ne pas faire de bruit, nous finissons par terre quand le lit cogne trop. Le silence retrouvé, fracassé par le marteau de nos cœurs, haché par nos souffles. Boire. Se relever. Nos pyjamas sous nos oreillers, pelotonnés l'un contre l'autre comme de petites bêtes tièdes.

Les premières années, les ronflements de Jeff m'énervaient. Je sifflais, je le secouais, je le faisais rouler sur le côté, je le réveillais même, parfois, hors de moi : « Tu ronfles ! – Désolé. Je fais pas exprès. Je vais essayer de… » Maintenant, je les attends, je ne peux plus m'endormir sans. Une fois couchés, dos à dos, je respire régulièrement, pour l'entraîner, par mimétisme, et dès qu'ils commencent à résonner, je m'installe dans leur rythme râpeux, caverneux, comme dans un hamac.

Malgré cela, malgré son corps chaud contre lequel le mien s'emboîte si parfaitement, certaines nuits, je ne dors pas. J'ouvre les yeux dans le noir pailleté. Je réfléchis. Je roule sur le dos et je pense aux oiseaux. Dormaient-ils dans le ciel ou sur terre ? Voler, c'est comme nager, m'a dit Jeff. Mais dans l'air. Est-ce possible ? En pensée, je nage la brasse au rythme des ronflements de Jeff. Mais dans le ciel. J'essaie.

Je rêve d'une tour toute neuve qui s'écroule en silence. Je rêve de mille épreuves qui se résolvent magiquement dans les cinq dernières secondes. Je rêve que je me rencontre moi-même, bébé, portant un pull rouge très doux, mais je ne peux pas voir mon visage.

Quand je me réveille, Jeff est déjà sorti. Je m'étire dans toute sa place tiède. Pendant que mon thé passe, à plat ventre sur une chaise, dans la cuisine, je nage, pour voir : je ne m'envole pas. À la proue du bac, dans le jour encore sombre, j'ouvre mon manteau qui danse comme deux ailes molles derrière moi. Mais je le referme et je quitte le pont : trop froid.

Chaque printemps, la vie revient, la chaleur, la lumière. Les pousses vertes jaillissent de la terre dégelée, les arbres se couvrent de feuilles, les plantes, de fleurs, les abeilles bourdonnent, l'air tremble de sucre. Dans notre potager, c'est la période la plus chargée, Jeff y travaille toute la journée. Le soir, quand je reviens de la ville, je contourne la maison, Rosie sur mes talons, je pose mon sac dans l'herbe, je relève mes manches et je jardine avec lui, pour l'aider, en m'interrompant juste le temps de lancer la balle de papier. Puis je vais nourrir Rosie haletante et je reviens jardiner.

Les jours rallongent. L'air est si doux qu'on s'appuie sur nos bêches, pour respirer. L'heure dorée nous illumine. Jeff sent la terre, la tige de tomates, le vert, et il m'embrasse, moi qui sens la ville, la poussière et le gasoil du bac. Jeff me prend dans ses bras, me serre fort et danse avec moi.

« Attention, les salades ! » je ris.

On enjambe la frontière de paille de cheveux coupés, on sort du potager et on danse, sans musique, tous les deux, sur l'herbe vert vif en train de repousser. On tournoie dans la lumière dorée, l'air est tendre, on se presse l'un contre l'autre, des figures que je croyais oubliées, on se croise, on se retrouve, on danse à en perdre le souffle, tu veux boire ? il demande, j'acquiesce, il fait quelques pas de côté et s'effondre dans les salades.

Jeff ? Jeff ? Jeeeeeeff ? Joseph ?

Je le secoue, je le retourne : son visage, ses sourcils sont pleins de terre collée, il venait d'arroser. Jeff ? Qu'est-ce que tu as ? Son corps est inerte, comme... comme... Jeeeeeff ? Je le gifle, je le secoue par les épaules, à genoux dans la terre noire trempée JEFF ??? et le soleil se couche sur son corps écroulé.

Un froid bleuté monte du lac. Une feuille de salade vert vif dans ses cheveux. Je ne l'ai pas vu vieillir.

Jeff !

Je le regarde tous les jours, pourtant. Sa chair qui s'affine et se plisse, ses cheveux qui blanchissent, je les regarde, je les touche, je les connais, je les aime mais sans observer de changement net, sans comprendre ce que cela annonce, sans voir notre temps passer. Je n'ai pas vu sa mort arriver. Pas prévu. Jamais pensé. Fauchée, je suis, à genoux dans la terre de notre potager. Stupéfaite qu'il puisse me laisser.

C'est un jour vide, immatériel. Le ciel est immensément blanc comme avant qu'il neige. Pourtant, c'est le printemps. Un immense drap de rien s'étale au-dessus du village, coupé en deux par le fil à linge vide qui traverse la fenêtre derrière laquelle je me tiens, immobile. Ce n'est pas comme ça que j'avais pensé que la mort arriverait. Les voix sont étouffées dans du coton autour de moi, concentrée sur mes pensées suspendues, à vif. Ma petite boîte d'os béante tente de comprendre ce qui lui a échappé.

J'entre dans la pénombre de l'église où l'odeur de goudron m'assaille. Je marche à pas lents, déroulant la plante de mes pieds. Non, ce n'est pas vrai, j'ai tout oublié du jour de son enterrement. Tout ce que je me rappelle, c'est ce que j'ai porté, la robe que j'ai choisie pour lui : dérisoire. Comme s'il me voyait encore. Celle-là, c'est celle-là que je mets, ma robe de chambre en peaux d'écureuil, rien en dessous, tais-toi, je la ferme avec mon foulard bleu ciel en loques et je prends mon harmonica que je broie toute la journée au fond de ma poche, est-ce que j'en joue vraiment ? et j'enfile mes palmes, leur flac-flac dans l'allée stupéfiée. Non, pas les palmes, leur plastique s'est craquelé depuis longtemps. Qu'est-ce que je porte, alors, ce jour-là, aux pieds ?

À l'instant où les hommes en noir sortent Jeff de l'église, cercueil de jonc sur support roulant, Rosie bondit sur le cercueil.

Un cochon-bifteck ! Échappé d'où ? C'est inconvenant. Mais non, c'est leur animal domestique, leur bête. Quoi ? Cette viande fluorescente sur pattes ?! Oui, acheté, anniversaire, fils, enfant, longtemps.

Fermement plantée sur le cercueil de Jeff, Rosie nous défie. Les hommes en noir tentent de l'en faire descendre : elle se couche, aucune prise.

Fais quelque chose, Petite Boîte, c'est ton mari ! Non. Si j'osais, j'en ferais autant. Je pense aux femmes indiennes immolées avec leur mari. Je pense aux flammes qui les rassemblent par-delà leurs corps, aux flammes qui les encerclent et les lèchent de leur brûlure de soie.

Il faut en finir. Les hommes en noir reprennent les poignées et poussent leur double fardeau sur les rues de planches. Rosie est impériale. Tu me représentes, Rosie. Nous les suivons, silencieux, et nous arrivons au bord de l'eau, sur le ponton d'où les morts glissent en pente douce vers leur dernière, dernière quoi ? Rosie lève son groin vers l'horizon. Les hommes en noir inclinent le support, le cercueil penche, sa proue touche l'eau, et Rosie trône toujours, impassible, à quatre-vingt-dix degrés. La barque de jonc glisse et s'enfonce dans l'eau, entraînée par le poids des pierres. Jeff est dedans, mort, nu, les yeux fermés pour toujours, ce mot me gifle, et Rosie, assise dessus. Ils sont aussi immobiles l'un que l'autre pendant que l'eau monte autour d'eux. Au moment où Jeff disparaît dans l'eau noire, pieds, corps, visage, cheveux, Rosie lâche. Elle flotte un moment à l'aplomb de sa disparition, vivante balise lumineuse, puis s'éloigne à la nage.

Les gens repartent vers notre maison vide pour manger, boire et pleurer ensemble, mes parents et ses amis entourant Knut. Je voudrais nager avec Rosie mais je ne peux pas mouiller mes peaux d'écureuil. Beaucoup de cochons restent, eux aussi, à flotter, pensifs, à mes pieds, et nous fixons en silence les cercles concentriques dans l'eau du lac, qui finissent par s'effacer.

Jour après jour, je passe les soupes. Le temps me traverse, rien ne l'arrête. Knut part s'installer à la ville, pour continuer ses études. Moi, sans Jeff, je n'ai plus la force de prendre le bac. Et puis, il y a son jardin et Rosie. Surexcitée par le déménagement, Rosie tourne autour de Knut, s'assied sur les cartons qu'elle écrase, se couche sur les valises ouvertes, y fait pipi. Quand je retourne au village, après avoir aidé Knut à s'installer de l'autre côté du lac, je la retrouve, les yeux humides, le groin tremblant, au pied de l'escalier où nous restons longtemps assises, toutes les deux, dans le silence du soir.

Beaucoup d'autres gens quittent le village et son odeur de fumier. De plus en plus nombreux, les cochons s'entassent sur les rues de planches, s'installent dans les jardins, entrent dans les maisons, barbotent par grappes comme des sacs de bonbons renversés sur le lac. Alors, du travail, au village, aucun problème pour en trouver. Gilbert mesure toujours, avec sa bande de trafiquants, mais je frissonne chaque fois que je le croise en pensant aux chaussettes de Blanche et à leur fille noyée. Je me trouve un boulot de peintre : les vieux n'ont plus la force de repeindre leurs maisons écaillées. C'est un travail parfait : tranquille, absorbant, régulier, sans grandes responsabilités mais physiquement épuisant.

Le week-end, quand Knut revient, je ferme les fenêtres pour atténuer l'odeur de purin et je cuisine ce qu'il aime. Mais Knut adore la ville, il s'y fait des amis, apprend avec passion je ne sais plus quel métier et revient de moins en moins. Il me téléphone sans demander que je lui passe Rosie. J'ai beau mettre le haut-parleur, elle dépérit. Elle ne mange plus, ne joue plus avec sa boule en papier. Quel âge peut-elle avoir, vingt ans, vingt-cinq ? Dix de plus, déjà, que les cochons d'avant.

Une nuit, son sanglot me réveille derrière la cloison. J'entre dans la chambre de Knut, je la cherche : couchée au fond de l'armoire, sur les habits d'été qu'il a laissés, Rosie a le groin glacé. Je pose ma robe de chambre pelée sur ses pattes, je noue mon foulard magique autour de son gros cou et j'attends avec elle, dans l'armoire illuminée par sa fluorescence hoquetante, que la nuit passe. Son halo rose décline. L'obscurité monte autour de nous. Au bout d'un moment, Rosie commence à clignoter. Avant l'aube, elle s'éteint. Je l'enterre dans le potager, une balle neuve entre ses pattes croisées.

Les gens tombent comme des mouches. Je n'arrête pas d'en accompagner vers le lac, dans leur cercueil d'osier. On ne sait jamais, la dernière fois qu'on voit les gens qu'on aime, que ce sera la dernière fois.

Le capitaine du bac, d'abord. Quelqu'un qui vous voit, matin et soir, tous les jours de la semaine, pendant des années, remarque votre fatigue ou votre joie, vos yeux rouges, vos cheveux coupés, et les quelques mots que l'on échange, jour après jour, année après année... y a-t-il un mot pour décrire ce genre de relation-là ?

Puis papa. Comment ne pas me lever, dans l'église, pour crier à tous : vous vous trompez, mon père ne doit pas rester dans ce cercueil d'osier au milieu de l'allée, sa place est dans la chaire, rendez-la-lui ! Vous, le nouveau pasteur, descendez vous coucher dans ce cercueil, vous verrez, vous vous reposerez, et toi, papa, réveille-toi, monte l'escalier de la chaire, relève-toi !

Puis des voisins. Dont la voisine. Au moment où la proue de son cercueil perce le miroir du lac, je lance un petit bouquet de fleurs sauvages. Sous l'eau, elle aura tout le temps, en regardant les pétales se détacher, entraînés par le courant, de se rappeler. Oui, madame, c'est le même bouquet que celui que vous aviez déposé sur les marches de notre escalier il y a, il y a...

Un matin d'hiver, les premiers levés découvrent un bonhomme de neige, assis sur la berge. Ils s'approchent : quel réalisme. Et s'arrêtent, saisis : c'est un humain couvert de neige, en fait. Une grosse femme nue qui a gelé pendant la nuit. Papa n'est plus là pour veiller sur ses bains nocturnes, alors quand maman s'est assise sur la berge, pour se sécher, elle a oublié de se relever.

Et je reste orpheline, dans le village grouillant de cochons fluorescents.

Un pot de peinture crémeuse à mes pieds, je repeins une maison verte en bleu. Vert, bleu, accord parfait. Je peins et les planches disparaissent, leur bois se fond dans le ciel derrière elles. Du « disparaissant », cette peinture, je l'appelle dans ma tête. Si je pouvais tout peindre avec ce jus de ciel. Tout annihiler de ce bleu doux et clair. Je finis le fond du pot pour la barrière. Les bras moulus, je pose mon pinceau et je m'assieds sur les marches, épuisée. Je reste là, le cerveau vide, sans penser à rien. Ça fait du bien. Un grand rien, juste respirer. Immobile, en silence. Tout à coup, je sens une présence, derrière moi. Comme un grand voile tiède qui ondule. Je ne me retourne pas : c'est comme la chaleur d'une aurore boréale toute proche, son déploiement secret, rien que pour moi. Le grand châle chaud et invisible m'enveloppe le dos, puis revient devant, légèrement, et m'inonde de bonheur, me réchauffe directement, de l'intérieur, rallume la flamme de mon moteur, souffle sur mes braises et repart. Jeff.

Un dimanche, la douleur me réveille. Printemps, fenêtre, petits oiseaux, mais mon ventre est broyé de l'intérieur. Je me redresse sur mes oreillers : c'est pire. Il faut me lever quand même, préparer le petit déjeuner de Knut qui repart en ville tout à l'heure. Pliée en deux, je passe ma robe de chambre en loques et je me traîne jusqu'à la cuisine où chaque geste me coûte une douleur supplémentaire. La table prête, je vais réveiller Knut : il a mal lui aussi, plié en deux dans son petit lit d'adolescent. Qu'avons-nous mangé, tous les deux, qui nous a empoisonnés ? Toute la journée, j'alterne bouillons de racines et tisanes d'algues. Je soigne Knut qui me soigne aussi, nous nous serrons l'un contre l'autre sur le canapé, sous nos couettes, sans Rosie qui aurait été parfaite. Petit à petit, les douleurs se calment. Trois jours plus tard, Knut peut repartir en ville et moi, retourner à mes chantiers. Je m'assieds à mon bureau, j'arrache les feuilles périmées de l'éphéméride : c'était le troisième anniversaire de la mort de Jeff.

Un soir, je fume ma cigarette sur les marches, à l'heure dorée. Quelqu'un fait trembler notre rue de planches, c'est Gilbert, l'air bizarre.

« Un clopeau ? » je lui propose, lui tendant ma blague d'algues séchées.

Il secoue la tête et sort de sa poche une manufacturée qu'il allume nerveusement.

« Je te paie un coup ? il me demande, fébrile.

— Où ça ?

— Au restaurant, je t'emmène au restau, hein, ça te dit, ce soir, maintenant ? »

Pourquoi pas ? J'attrape mon foulard et mon sac, je ferme les fenêtres.

Le néon du restaurant clignote. Gilbert aussi est très rouge, peut-être à cause des deux bières qu'il a descendues sans respirer. Soudain, il sort un petit écrin carré de sa poche :

« C'est pour toi, Petite Boîte. Ouvre. Ouvre, allez. »

C'est une bague. J'ai envie de rire. Une bague, pour moi ?! Une jolie bague en argent, ornée d'un gros diamant qui rougit et blanchit au rythme du néon du restaurant.

Gilbert me parle, trop fort puis tout bas, les mains tremblantes, les yeux brillants, je ne l'entends pas. Je pense à son cerveau, dans sa petite boîte d'os, en face de moi. Comment l'idée de me demander en mariage a-t-elle pu naître dans son sac de fromage blanc plissé ? Quelles connexions se sont opérées, quel petit arc électrique s'est formé, là-haut, dans sa tête ? Puis je pense à mon cerveau à moi, absolument inintéressé par sa proposition. Je pense à ce qui se produit, en général, dans ces cas-là : le choc, l'émotion, les larmes aux yeux, le cœur qui bat à en éclater, la sensation que votre vie, toute votre vie enfin va décoller. Pas moi. Je pense à Jeff, à sa main serrant la mienne, à l'eau qui goutte de nos combinaisons luisantes, devant la maison jaune de mon enfance. Je pense. Gilbert parle sans s'arrêter, de plus en plus excité. Au bar, un vieux pêcheur courbé escalade lentement son tabouret après avoir accroché au zinc sa canne noueuse qui balance.

« Gilbert, je fais. Gilbert, écoute-moi. Allons-y, chez toi ou chez moi, et prends-moi, mais range ta bague et tais-toi, s'il te plaît. »

L'eau monte toujours. Verrai-je le jour où le monde sera entièrement liquide ? Les fêtes des Remontées sont lugubres : il reste si peu d'habitants au village et ils sont tous si vieux qu'on doit louer des tracteurs. Quelqu'un propose d'encorder les cochons, je ris en pensant aux jolies grappes roses possibles, mais les éleveurs refusent de gâcher la marchandise. Alors, chaque année, le village vrombit de bruits de moteur puis les cochons décimés clopinent sur deux ou trois pattes pendant que les vieux qui ont encore des dents mâchent péniblement leur tranche de jarret lumineux braisé.

Petite maison face au lac. Cabane de planches au ras de l'eau. De l'intérieur, on voit le jour entre les planches, il dessine des lignes qui restent devant les yeux quand on regarde ailleurs, après. Du néon sans matière, du feu rayé sur les choses.

Le silence des gens, omniprésent. Qu'est-ce qui se passe dans toutes les petites boîtes d'os que je croise ? Qu'est-ce qui se pense, chaque seconde, dans chaque cerveau ? Et que devient la foule de ces pensées électriques et bondissantes ? La litière de Rosie est mon jardin zen. Chaque matin, je continue de la ratisser. Où est le problème ?

Les bouleaux croissent furieusement. La nuit, je les entends glisser hors de leur gangue de terre noire en chuintant, puis s'élancer à l'assaut de ma maison, l'assaillir de leurs fines branches blanches et le matin, quand j'ouvre la porte, c'est une jungle où le zinzin furieux des moustiques affamés se jette sur mes bras pour me sucer le sang.

Il pleut de la soupe au potiron, à grosses gouttes plates.

Il pleut des doigts qui tambourinent.

Il pleut des cailloux sur les vitres.

Il pleut des spaghettis crus en mikado.

Il pleut des milliers de mouches en boule qui tombent et roulent.

Un matin, je ne peux plus bouger. J'ai peur, je veux appeler à l'aide : plus un son ne sort de ma bouche. Quand il me découvre, trois jours plus tard, immobile sur mes draps tachés, Knut crie : « Maman ! » et je ne peux rien lui répondre. Affolé, Knut me secoue, passe les doigts devant mes yeux, hurle dans mes oreilles et me pince sans que je puisse rien répondre alors que je ressens tout ce qu'il me fait. Comment lui faire signe ? Comment lui montrer qu'il y a des pensées vivantes dans ma petite boîte d'os ? Comment lui crier que je ne suis pas encore morte ?

On dirait la mer, mais c'est l'eau d'un lac. Un immense lac d'eau fraîche et délicate qui entoure une île minuscule, oubliée du monde. La peau noire ondule soudain, deux mains en sortent, pâles, gonflées par le bain, puis les bras auxquels elles appartiennent et le reste d'un corps de femme sort de l'eau, fumant dans l'air froid : moi. Je me sèche vigoureusement dans la serviette que j'attrape sur une souche, tête penchée pour que mes cheveux s'égouttent, je la relève d'un coup sec, gerbe de perles, et je monte les marches en bois qui mènent à l'auvent du chalet bleu écaillé. J'enfile un jean, un gros pull gris, j'attire un tabouret bancal sur lequel je m'installe, un pied en appui sur la balustrade, je me roule une cigarette d'algues, l'allume, et dans le nuage de fumée âcre qui s'élève je commence à parler et ma voix navigue entre les troncs d'arbres pâles de la forêt.

En réalité, je suis couchée sur un lit d'hôpital, en ville. Paralysée depuis des années, je n'ai qu'un plafond lézardé comme paysage. Pendant les soins, quand on me tourne, j'aperçois parfois des immeubles, par la fenêtre, sous un ciel gris fumée. La nuit, j'imagine que les phares des voitures sur les murs sont ceux de bateaux sur l'eau, que je suis de retour dans mon village au bord du lac. Quand Knut vient me voir, il me caresse la main sans rien dire. On l'endormait comme ça, Jeff et moi, quand il était malade, on se relayait. La vie s'est inversée.

Je vivrais sur une petite île, dans une cabane bleue écaillée, avec mon pick-up, ma canne à pêche et mes chiens. Non, avec ma robe de chambre en plumes d'oiseaux et mon harmonica. Plumes d'oiseaux, pourquoi pas ? Ils ont bien existé, n'est-ce pas ?

« Mon nom, je ne l'ai pas choisi. Personne,

d'ailleurs, remarque… », je penserais, assise dans la galerie, en équilibre sur ma chaise, les pieds sur la rambarde écaillée, au milieu du vrombissement des moustiques. Mon visage, on ne sait plus quelle forme il a, ni combien de rides, et mes cheveux, est-ce que j'en ai encore ? Sinon, on collera des feuilles. Des feuilles de salade, bien vertes. C'est si fragile, les petites boîtes. Ça se fissure, parfois. « Petite Boîte d'Os », est-il même vrai, ce nom-là ? Peut-on, quelqu'un, une petite fille ou une femme, s'appeler comme ça ?

Maintenant, je me lève, j'ôte mon pull gris, je défais mon jean qui glisse le long de mes longues cuisses bronzées et je marche, toute nue, jusqu'au bout de la galerie où je grimpe debout sur la balustrade écaillée. D'un geste précis, je plonge dans l'eau du lac qui lance mille cercles concentriques autour de mes grands pieds blancs comme deux têtes d'extraterrestres aux cinq yeux allongés qui disparaissent. L'eau danse encore quelques instants, puis les cercles s'aplatissent et la peau du lac, immobile, se retend.

Knut se penche sur mon lit. C'est dimanche ? Que fait-il ? Il m'habille comme une poupée. Pour quoi faire ? Ma robe de chambre en peaux d'écureuil, fine comme du papier à rouler. Tu l'avais gardée ? J'aimerais pouvoir l'aider. Il bataille avec mes bras inertes qui retombent, avec tous mes doigts de pied.

Nous sommes dans une voiture et nous roulons sur un ruban gris, de lac en lac. C'est Knut qui conduit. Les nuages glissent sur l'eau à toute allure. La terre s'est rapprochée du ciel, on dirait.

Nous arrivons au village. Notre maison ressemble à une maison de poupée au bord du lac devenu immense. Knut se gare, descend, déplie un fauteuil roulant sur le ponton, me prend dans ses grands bras et m'y assieds. Puis il m'entoure les genoux de ma couverture qu'il coince bien sur les côtés, me sourit, monte les marches de notre vieille maison bleue et me laisse seule, assise face à l'eau fade sous laquelle tous les morts de ma vie ballottent.

Ponton usé, clapotis, reflets, odeurs du lac. Quelle idée merveilleuse, Knut. Combien reste-t-il d'habitants dans notre village fantôme ? J'entends un verre cogner le goulot d'une bouteille.

J'aimerais que le ponton soit en pente. J'aimerais que mon fauteuil avance, bascule et tombe dans l'eau opaque où il me projetterait aussi. Je coulerais, les yeux grands ouverts, à travers les nuages de vase. Entraînée par le poids de mon corps paralysé, je descendrais vers Jeff qui m'attend au fond du lac, au milieu de tous nos morts émiettés. Je coulerais à pic, mes bras s'écarteraient de mon corps, mes bras et mes jambes que je ne contrôle plus, le courant les soulèverait puis les rabattrait, mes cheveux danseraient autour de moi et je volerais.

Pour l'éditeur, le principe est d'utiliser des papiers composés de fibres naturelles, renouvelables, recyclables et fabriquées à partir de bois issus de forêts qui adoptent un système d'aménagement durable.

En outre, l'éditeur attend de ses fournisseurs de papier qu'ils s'inscrivent dans une démarche de certification environnementale reconnue.

Cet ouvrage a été composé
par PCA à Rezé (Loire-Atlantique)
et achevé d'imprimer en juin 2013
par l'Imprimerie Floch
à Mayenne
pour le compte des Éditions Stock
31, rue de Fleurus, 75006 Paris

Imprimé en France

Dépôt légal : août 2013
N° d'édition : 01 – N° d'impression : 84957
54-02-0684/8